ちくま文庫

すべての雑貨

三品輝起

筑摩書房

もくじ

I

すべての雑貨

I

夜と店の隅で

老朽化による建て替えのため、立ち退き。この呪詛《じゅそ》はある日、天災のごとくやってくる。私の店は十年めにして突如宣告され、二〇一五年の春、旧店舗から数分の場所で再スタートをきることになった。

仮契約をすませ、まえの物件は築四十年だったんだし建て替えもしかたないか、となぐさめながら、新店舗の契約書をめくっていたら「築七十年」と書いてあった。あわてて不動産屋に電話すると、ほんとはもっと昔からあるけど登記簿が残ってないので詳細は不明、いやならこの物件を狙ってるひとは山ほどいるので、とそっけない返事であった。

いまも閉店後の暗がりでパソコンにむかっていると、通りをバスが走るたびに棚のうえの壺が微振動している音が聞こえる。なにより一番心配なのは、床のコンクリが隆起してきたことだ。日に日に亀裂が深くなり、地面がもりあがってきている。数年後、養老天命反転地のような状態になっても、せこせこと雑貨を売っているじぶんが頭をよぎり怖くなった。

立ち退き勧告をうけてまもないころ、雑貨の同業者たちに会うとかならず、だれそれの物件が老朽化で建てなおすので移転だの、見つからないのでやめるだの、そんな情報交換ばかりしていた気がする。みな多かれ少なかれ、立ち退きの恐怖から逃れられない。そりゃ日本中の建物も人間も制度もなにもかもが老朽化しているからあたりまえなのだが、とりわけ私のまわりの雑貨屋が困窮しているのにはわけがある。

それは端的に、もうからない商売だからだ。いや、もうからないというのは正確ではない。労働生産性が異常に低い、旧時代の商いだからなのだ。なかでも生産者と消費者の中間に立って利ざやをもらう仕事は、売上の半分以上が仕入れ値であり、単価の低い雑貨をいくら売っても微々たる利潤しか生まない。だから移転するだけで数年ぶんの内部留保が飛んでしまう。ネットの出現で中間業者は消滅するといわれてひさしいなか、ネットショップすら忌避《きひ》する雑貨屋店主たちは、風前の灯火《ともしび》のようなゆらめく価値観を抱きかかえ、風雪に耐えている状況なのだ。

しかも、その共同体では熱烈な需要者だったひとが、気づくと供給者になっていることも多い。これまで何人のお客さんが店を開業しただろうか。結果、小さな共同体のまわりに生まれたなけなしの需要は、多すぎる供給のなかで雲散霧消することになる。それは私の店であつかっている作家たちの界隈もおなじで、需要と供給の混濁が進んでいる。昨今のハンドメイド通販サイトや手づくり市の隆盛は、萌え要素と二次創作を発明したオタクカルチャーがひと足はやくたどりついた新世界に、雑貨界も近づいたことをしめしている。オリジナルとコピーの区別が曖昧になり、消費者、作り手、販売業者といった垣根は失われつつある。

一方、資本は手わけしながら、どういう人間が、どういう雑貨を、内装を、色彩を、音楽を、マチエールを好むのか、日夜、分類整理している。ひとびとの嗜好《しこう》のデータが積もりつもると、雑貨、道具、生活、暮らし、民藝、北欧、丁寧、手仕事……と、遺伝子を解読するかのごとく芋づる式に関連タグが掌握されていく。パターン化が進んだ雑貨界において、店名のつけかたにはトレンドがいくつかあって、そのうちのひとつは、前述の関連タグをシャッフルして組みあわせる方法である。適当につくってみると「民藝、生活の道具店」「手仕事と暮らすこと」「北欧の工芸、暮らしの雑貨店」……といった具合。冗談みたいだが、消費者の欲望を喚起するシグナリングだけで構成された店の名は、市場にあふれている。

ともあれ、つらつら述べたような過酷な状況がせまっててもうからないのなら、やめればいいのに、それでもやりたいという精神は、もはや商売というよりも表現、あるいは修行といってもさしつかえないだろう。ほんとはほかに行くところがないだけだとしても。

修行という言葉で思い出すことがある。まだ私が吉祥寺に住んでいて、自営の世界に足でもつっこんでみようかと考えはじめたころ、街のリサーチのつもりで西荻窪《にしおぎくぼ》を散策した。いろんな店をまわったが、なかでも裏路地の、とある小さな家具屋が印象に残っている。薄暗い店内に、古物と創作の家具がならび、五ワットほどの微弱なランプがところどころを橙色《だいだい》に染めていた。どんなに古い品も清潔にたもたれ、ムスクのようないい香りがした。帰りぎわ、坊主頭の店主に商売についてたずねると「西荻窪は商売にむかないよ」とすげなくかえされた。

外にでて軒先の木箱に入った碍子《がいし》を物色していると、店主があらわれ「もしここで十年できれば、どんな街に行っても通用する。だから修行だと思ってがんばるしかない」とつけたしてくれた。そのときまだ二十代前半だった私は、十年という歳月がどういう感覚なのかわからず、夕暮れの善福寺川《ぜんぷくじがわ》沿いをでたらめに歩いた。

果てしなく思えた十年間もあっというまに過ぎた。その年の二月、なんとか移転先の正式な賃貸契約をかわすことができ、内装工事が入るまでのあいだ、居抜きの店に夜ごと忍びこんだ。いつもかすかに湿っていて、街が夜霧につつまれたときのような懐かしい匂いがした。朽ち果てつつある暗闇のなかで目をつぶり、大きく息を吸いこむ。あともう少しで、私がまだ金勘定の世界にいなかったころ、店をつくることで、人生をどんなふうに変えたかったのか思い出せる気がした。手足が凍えてくると、私は動物園の虎みたいに何度もなんどもおなじ場所を、円をえがいて歩きつづけた。

雑という字

年が明けてしばらくすると確定申告がやってくる。今年もくそ忙しいさなかに、私の店にも杉並税務署から無慈悲な書類がとどいた。きっと多くの無精者《ぶしょうもの》が提出期限ぎりぎりになると、分類のよくわからない経費をやみくもに「雑費」に計上しはじめる。気づくとほとんど雑費になってしまって、税務署から電話があるやもしれぬと怖くなり、あわてて修繕費やら消耗品費やらに一部をさしもどしたりするわけだ。

雑貨という言葉もおなじように機能する。つまり「雑」という字は、いろいろ分類して残る「その他の物」ってことだ。そして、その他の分類だったはずの雑貨に、歴《れっき》とした分類に属してきた古参の物たちが、どんどんパイを奪われているのがいまの状況である。

しかるに雑貨は、専門的な使いみちをすこしでも放棄した物を見つけ次第、どんどん自分たちの側に収奪していく。あたりまえだけど、むかしは雑貨屋なんて悠長なものはなかった。しいていえば生活必需品をあつかった小間物屋《こまもの》だろうか。でもそれは雑貨屋というより、暮らしに必要な物をそろえた道具屋といったほうが正しい。長いあいだ、物の歴史の主人公はまちがいなく道具であり、雑貨はあくまでその他のこまごました物にすぎなかったわけだから。

さて社会が豊かになってくると、サービス資本が道具を代行するようになる。じぶんたちでなんでもかんでもＤＩＹしなくてよくなり、一家の工具箱はどんどん小さくなる。料理だってめんどくさければ、できあいの惣菜でいいじゃないかとなり、すりごまが小分けの袋で発売されれば、すり鉢もすりこぎもいらなくなる。白和《しらあ》えは食べられなくなるがしかたない。

徐々に道具を手ばなしていく大衆に、どう物を売るのか。そのとき資本の側から考えだされたのが、ファッションとおなじようにイメージの差異であり、同時に大衆の側で醸造されてきたのが雑貨感覚であろう。もはやハサミだって金槌《かなづち》だってペンキだって、製品の質だけでは測られない。かっこいいとか、おもしろいとか、美しいとか、商品どうしをくらべたときのイメージの落差にお金を払うのだ。本でいうならば、書かれている内容ではなく、カバーや帯やフォントを基準に小説を選ぶような感覚が消費者にめばえてくる。それはとどまることのない、雑貨化の狼煙《のろし》があがった瞬間でもあった。

そうしてしかるのちに、ひとびとのあいだで他人とはちがう物をもつことが、そのひとの個性につながるような幻の回路がつくられていく。たとえば文具や手芸用品なども用途だけ考えれば、必要な物は小学校の入学時点であらかたそろってしまうわけだが、イメージの力をかりて、おなじ機能の物を何度もなんども買いかえてもらわないといけない。というわけで、子どもたちのあいだでも、となりの席の友だちよりもかっこいい筆箱や、クラスで一番かわいいハンカチをもつことが競技種目としてせりだしてくる。その幻影をもとめる運動は、かたちを変えて大人になってもつづく。

半径一メートル

私はいま真夜中のキッチンにいる。冷蔵庫のうなりにかき消されるくらいの弱い雨が降っていて、カーテンがかすかにゆれている。テーブルのうえに葡萄《ぶどう》ジュースの瓶とガラスのコップ。椅子に座ってマックブックをパチパチたたく。さて私の半径一メートル以内に、いったい何個の雑貨があるのか。

まずマックブックはちがう。読みかけの本が三冊。これはまだ本屋に籠城《ろうじょう》しているはずだ。家と店の鍵をまとめている、モンテ・ローザの雪山が樹脂でかためられたキーホルダーは雑貨。シリンダー錠の鍵はちがうが、百年くらいまえの鍵なら雑貨店に売られている。ジュースの入ったグラスはもちろん雑貨。コースターも机もスリッパも雑貨屋で買った。キーパンチする手に、私のあたまの影を投げかけている、古いビーカーを笠にみたてた二十ワットのシーリングライトもそうだ。カーテンも壁紙も、柄によっては。靴下も服も。下着は……保留。葡萄ジュースは？　パッケージ次第では雑貨屋にならんでいてもおかしくない。デザイナーの腕のみせどころだろう。そう思うとマックブックも読みかけの本も、ほんとうに雑貨屋にないのかわからなくなってくる。

世界がじわじわと雑貨化している気がする。これは豊かになって物の種類が増えたから、ってだけじゃない。それまでは雑貨とみなされてなかった物が、つぎつぎと雑貨に鞍《くら》がえしているせいなのだ。じゃあ、雑貨とはなにか。先回りしてせこい答えを用意すれば、雑貨感覚によってひとがとらえられる物すべて、ということになるだろう。ひとびとが雑貨だと思えば雑貨。そう思うか思わないかを左右するのが、雑貨感覚である。トートロジーだろうか。そうかもしれない。だけど、これが雑貨の第一原理なのだ。もちろん雑貨感覚は個々人によってちがう。ただ十年以上、雑貨にかこまれて感じたことは、ひとびとがある物を見て、これは雑貨か否かを判定する基準がどんどんゆるまってきている、ということだ。世界のあらゆる物が、雑貨に見えはじめている。いったいだれがなんのために。

いましがたキーパンチに飽きて、こんな真夜中だが電球と正露丸《せいろがん》と本を二冊、アマゾンで買った。広大な仮想のショッピングモールを周回していると、半径一メートル以内にある多くの物が売られていた。クリックさえいとわなければ、いま両腕をのばして手がとどく範囲の空間を、ものの数分で映画のセットのように再現する準備がととのう。モニター上では、服は服屋、机は家具屋、工具はホームセンターといった店の垣根はとっぱらわれていて、規定のフォーマットのうえできっちりと同列にならんでいる。そんな仮想空間での買い物に慣れればなれるほど、そのひとの雑貨感覚は覚醒へと近づいていくにちがいない。

おそらく雑貨感覚の源泉には、あらゆる物理的な物の垣根を溶かし、ひとつの「物」という商品ジャンルへ統合していく、見えない資本の流れがあるはずだ。もちろん、しがない雑貨屋にはその大河の濁った音がかすかに聞こえるだけで、その河幅も、水がどこからどこへむかって進んでいるのかも皆目わからない。

雑貨の銀河系

時が止まった荒物屋《あらものや》。百円ショップ、スリーコインズ、海を渡っておしよせるファストファッションならぬファスト雑貨。ソニープラザからはじまる輸入雑貨の長大な系譜。文化屋雑貨店を始祖として『ポパイ』『クロワッサン』『オリーブ』『クウネル』にいたる、マガジンハウスによって支えられた雑貨シーンの樹形図。カインズなど横に広がりつづけた巨大なホームセンター、東急ハンズとかロフトみたいに縦にのびて進化したやつ。そして地図のどまんなかにそびえたつ無印良品という国民的インフラ。となりにはイケアとかニトリとか生活の面倒を包括的にみてくれる、似たような面々がならぶ。あとは私の店も入るのだろうか。個人店から大手資本まで参入するライフスタイルショップという名の貪欲な新種たち。

店をあげていくときりがないので、てきとうに雑貨の分類をあげてみよう。以下、

「系」のあとには「の雑貨」がつづく。アート系、アジア系、アフリカ系、アメリカ系、エコ系、エロ系、オタク系、乙女系、紙もの系、がんばろうニッポン系、ギャル系、暮らし系、軍もの系、ゴシック系、コミティア系、作家もの系、サブカル系、シティボーイ系、ジャンク系、職人系、スピリチュアル系、生活工芸系、知育玩具系、中東系、デザイン系、デザフェス系、東欧系、動物系、南米系、ノベルティ系、ハイファッション系、バラエティ系、フェアトレード系、古道具系、文フリ系、北欧系、ほっこり系、民藝系、民族系、ヨーロッパ系、レトロ系、和もの系……ってどれだけ「系」があるのか。あと十倍くらいあるだろう。

この「系」だってライオンが「食肉目ネコ科ヒョウ属」であるように、目やら科やら属やらにわかれている。そして日々、同属同士で仲よくやったり内ゲバをやったりしてる。たとえば古道具系といっても、コンサバなアンティークなのか骨董《こっとう》なのか、ブロカントなのか、古美術なのか、ヴィンテージなのか、ユーズドなのか、転売専門の盗人ぎりぎりのやつなのか、古道具坂田《さかた》がきりひらいたような骨董ニューウェーブなのか、そのチルドレンなのか、そこからユーモアのセンスをぬいた清貧みたいなやつなのか……まだまだある。

最近では、みずからを「雑貨作家」と名のる一群までいるらしい、と聞いた。彼らは最初から雑貨を生みだすことを目的とした作家たちだ。なんのためらいもなく、どんどん雑貨をつくる。そのうち「古道具作家」という猛者もでてくるだろう。彼らも古道具をくみあわせてどんどんつくるだろう。だから雑貨の銀河系は膨張しつづけていく。その全貌をだれも記述できないほどの速度で、この瞬間も。

ちがいさえあれば

雑貨国の侵攻はとどまることをしらず、年々領土を広げているのだが、まったくだれもニュースにとりあげる気配はない。みな忙しく、雑貨が拡大しようが縮小しようがどうでもいいのだろう。死ぬわけじゃないし。

ともかくそんななか、医療品、楽器、高度な電化製品、住宅、希少な美術品、自動車といった分野では、「専門性」という名の高くてがっしりとした壁をきずくことで、雑貨の蛮族たちの侵入を防ぐのに成功している。おそらく正露丸やバスクラリネット、マックブックやカローラなんかが売られている雑貨屋はまだないはずだから。

専門性の高い物、物理的にでかすぎる物、あるいは価格がものすごく高い物は雑貨店ではなく、おのずと専門店で売られる。専門店というのは薬局でも保険屋でも家電量販店でも車のディーラーでもなんでもそうだけど、売るにも買うにもそれなりの知識が必要な品をあつかっているため、ひとつの専門知識に特化したスペシャリストを時間とお金をかけて育てる。なにを買っていいのかわからない切実な消費者が、あらゆる選択肢からベストな物を選べるように手助けするしくみだ。店主のかってな感性で選んだ物をならべて、「気にいったら買ってください」みたいな雑貨屋とは訴求力がちがう。そもそも、雑貨屋に選択の失敗がゆるされないような深刻な消費者などないだろうし、雑貨をロジカルに比較検討してすすめられてもこまるだろう。

とはいえ専門店の領土が盤石とはいえない。たしかに雑貨とはある部分では表層のイメージ、つまり見たかんじで選考される、ひとむかしまえのミスコンのような世界でしかない。よって雑貨はみずからの存在の軽さに耐えしのんで生きているわけだが、だからこそ、医薬部外品のパッケージをいちいちアルファベットにおきかえてデザインしなおしてみたり、民族楽器をフォークロアな柄のソファのうえに置いてオブジェに見立ててみたり、家電を下町の職人がなめした革でおおって「デザイン家電」に衣替えしてみたり……そんな健気《けなげ》な工作活動を、日夜つみかさねている。

じつにくだらない努力だと思っただろう。しかし、かつてはそれぞれ独立した世界で暮らしていたはずの衣服や植物、化粧品や食料品たちが、いまではなに食わぬ顔で雑貨屋にいることを忘れてはならない。雑貨国はいつでも、専門性を手ばなしそうな分野はないか、と壁のなかをうかがっているのだ。「雑貨のぶんざいで」と馬鹿にして油断していると、いずれ真夜中に忍びこまれ、ぼけーとした物から順に連れさられていくだろう。気がつくと葛根湯《かっこんとう》とリュートとセグウェイが、なんだかよくわからないライフスタイルを提案する雑貨屋の展示机で、一堂に会している日がくるかもしれない。

雑貨の国境線は破竹の勢いで拡大している。それはとどくたびに分厚くなっていく各種雑貨メーカーのカタログをめくっていても、ひしひしと伝わってくる。雑貨の増加は、数秒まえの過去とちょっとでもちがう物を生みだし消費してもらわなくてはならない、という資本の掟、つまり飽くなき差異化がおもな原因であろう。

カタログにはいろんなことが書いてある。高くてもいい物を買って長くつかいつづけよう、永遠の定番、丁寧な暮らし、自然を守りたい、伝統的な手仕事を買いささえよう、普通が一番。でもすぐそばには、メッセージの中身とはいっさい無関係に、そのスローガンを叫ぶまえと叫んだあとで生じた「ちがい」だけを吸いよせ、ベルトコンベアのように淡々と運びつづける、大きな河が流れている。そのことに気づいたのは、雑貨屋をはじめて数年たってからのことだった。

物と物のあいだに、一秒まえと一秒後のあいだに、ちがいさえあれば価値がうまれ、雑貨はどこまでも増えていく。ほんとうは、それは進化でも退化でもないはずなのに、私たちは、ちがいをたえまなく消費することで、どこかへ前進しているような夢を見ている。

英字新聞

大学のプレゼミに、英字新聞柄のシャツと村上龍が大好きな男がいた。たいして経済学の本を読んでないくせに、村上龍が当時だしていた「JMM」という経済系のメールマガジンだけを定期購読していて、いつもゼミで私とディベートすると、龍さんがどうのこうのと御託《ごたく》をならべて反論した。ただ、男はよく英字新聞柄のシャツを着ていたせいで、一時期「英字新聞」というあだ名がついていて、その点だけは気の毒だったのをおぼえている。二〇〇〇年ごろのことだ。きっとこれが八〇年代なら斬新でかっこよかったのだろうが、すでにそのころ、とあるナチュラル系の百円ショップが包み紙につかっている以外、見かけなくなっていた。

英字新聞柄のシャツの系譜をさかのぼっていくと、一九六六年に誕生した輸入雑貨の始祖ともいえるソニープラザを無視できないはずだ。でっかく英語でロゴをあしらったカラフルな洗剤や、海のむこうのキャンパスライフの香りを運んできたアムパッドのノート。高度経済成長期に、アルファベットというものがわれわれをひきつけた悦楽の後ろには、終戦から二十年くらいがたち、敗戦の抑圧と対になるかたちで羨望《せんぼう》した、アメリカの夢のような豊かさがあった。そんなひとびとの需要をうまくすくいあげたソニプラは、日本中に雑貨ブームをまきおこすことができた。

時代は流れ、日本も豊かになった。肩パッドのはいったジャケットの下に英字新聞柄のシャツなんかを着て踊っていたバブルもはじけ、「まだ欧米にあこがれているのか」とあらわれた反動的なまでにシンプルな和雑貨、北欧雑貨、ナチュラル雑貨といった新興勢力たちに攻めたてられ、ついには名前から「ソニー」がとれたりして、かつての輝きはすっかり失われてしまった。でも、英字の魔法がなくなったわけじゃない。ソニプラ設立から半世紀たったいまでも、雑貨界では巧妙にかたちを変えながら息づいている。

たとえば、ゆるキャラ「くまモン」の生みの親としても知られる水野学《まなぶ》という高名なクリエイティブディレクターがいる。さまざまな企業のブランディングや雑貨のパッケージデザインをてがけているが、英字新聞の系譜というものがあるとすれば、彼はもっともメジャーな舞台で、もっとも洗練されたかたちでそれをひきうけているひとりだろう。彼ほどアルファベットが日本人にもたらす欲情を熟知しているディレクターもめずらしい。

なかでもコンセプトに「世の中の定番と呼ばれるモノの基準値を引き上げていくこと」をかかげ、自身が総監修をつとめた「THE」という雑貨ブランドでは、ローマ字にぎっしりうめられた、まさに英字新聞的パッケージが展開されている。もちろん買い手がいちいちその英文を読まない、あるいは読めないことも知ったうえで彼はデザインしているはずだ。中身がなにであるかを圧してしまうぎりぎりの塩梅《あんばい》で、うまく外側に英字をほどこしひとびとをひきつけていく。なぜだかわからないけどかっこいい、というふうに。

とにかく、われわれは英字にひかれるのとおなじ心の動きでもって、あらゆる輸入雑貨に熱狂してきた。たったこの十年のあいだにも、北欧だ、東欧だ、西海岸だ、やっぱ東海岸だ、と雑貨界は日夜さわいでいる。おそらく、その起源はソニプラからさらに上流、明治後半から大正期の舶来品《はくらいひん》ブームにまでさかのぼらなくてはならないだろう。当時の有閑な若者たちも熱病に浮かされたがごとく西洋にかぶれていき、百貨店や舶来品店にならんだシガレットケースや万年筆、人形やカフリンクスなどが、彼らにハイカラ感覚という新たな物の見方をインストールした。いうまでもなくハイカラ感覚は、雑貨感覚の遠い兄弟子《あにでし》である。ふたつの感覚の底には、江戸までは中国に、明治以降はヨーロッパに、そして第二次大戦後はアメリカに、つまり海のそとへと狂うほどあこがれつづけてきた、日本の辺境的なエートスがずっと流れているのだ。

これは本ではない

雑貨化の波は全方向に進んでいる。雑貨的なパン、お菓子、飲み物、音楽、絵画、服、お守り、おもちゃ、香り、骨董、オブジェ……かたちある物、あるいはかたちがなくてもパッケージできる物はみな、雑貨の国に集団就職しつつある。たとえば、いま読んでるこの本は本でしかない、ってわけじゃない。昼は本の顔をしていても夜は雑貨に化けたり、店頭では雑貨のふりをしているが家につれて帰ってみると本にもどったり。そういった二重生活を楽しんでいるようなふしがある。

二〇一五年に有楽町の無印良品がリニューアルオープンした。その実質の本店ともいえる世界最大の旗艦店《きかんてん》は、百五十円の鉛筆から数千万円の住宅まで、ほぼすべての商品がそろっている。今回の改装の目玉は、二万冊の本の導入であった。長いエスカレーターをのぼった二階のメインフロアには、商品棚のあいだをぬうように縦横無尽に無垢材《むくざい》の書棚が配されていた。レジを見るかぎり本を買ってるひとはほとんどおらず、売上はあまりないはずなのに、なんでそんなに本をどっさりおくのか。

それはまず、目的の商品をただ買わせるのではなく、回遊性を高めることにある。ひとびとに本から本へつたい歩きをさせて、あわよくば普段行かない一角に迷いこんでもらおうって算段だろう。もうひとつは、厳選された芸術や生活関連の書籍を、簡素であることを宿命づけられた無印良品の商品と商品のあいだにはさむことで、同社が提案するライフスタイルをより深い広がりをもって想像させるねらいがある。

一回もひらかれることのない百科事典がならぶ応接間しかり、かつては本が大量にある空間というのは、知識や多様性といったある種の含蓄が、どっか遠くのアカデミックな世界からあたえられる場所だった。その力は年々うすまっているが、下世話な話、売上にはむすびつかない本にも、まだディスプレイとしての間接的な価値があるという資本の判断なのだ。もっとも、いっしょに行った友人は「目が泳いで買い物に集中できない」ってぼやいてたけど。ともかく商業施設の内装において、本をディスプレイ的にあつかうという手法は一般化しつつある。

先日、近所にできた居酒屋をのぞいたら、店内が天井までそびえる本棚に囲まれていておどろいた。しかも革装のハードカバーばかり。安い居酒屋なのにローマのアンジェリカ図書館みたいな雰囲気にしてしまって、コンセプト的にだいじょうぶなのだろうかと二度見したら、それはぜんぶ壁紙であった。読めない本は、店になにを授けてくれるのか。

とまあ、こんなふうに深層のコンテンツより、表層の作用に重心が移ってしまった物たちを、雑貨国は丁重に仲間としてむかえいれる用意がある。彼らにとっては、本でもパンでも大差がないのだ。

予告された雑貨の記録

SFだと思って聞いてほしいが、いつの日か、雑貨感覚に一〇〇パーセント覚醒した消費者が誕生する瞬間を、ときどき想像する。彼はなにを見たって雑貨にしか見えない。そこがどんな世界なのか、おそろしすぎて雑貨屋の私にも記述できない。じゃあ五〇パーくらいの覚醒者ぐらいから考えよう。道ばたに落ちてる空き缶も雑貨、ゴルフクラブも雑貨、看板もときどき雑貨、軒先の蜂の巣も……雑貨に見えなくもない、といった塩梅であろうか。これはなにを見ても「かわいい」ってなる覚醒度五パーくらいのひとたち、「目的は、この世界の存在するすべてのモノの百科事典を作ること」を謳うSNS「サマリー」を日夜チェックする覚醒度一五パーくらいのひとびとの延長にある。

すでに海岸で石ころを拾っては、おしゃれな小箱にいれて売ってる一団が確認されている。数年前には私の店にも、そのへんで拾った小石や金属片をピアスにしているアクセサリーブランドから売りこみがあった。コンセプトは「エコロジー」とのことだった。いつか料理研究家みたいなボリュームで、石拾い作家がデビューしはじめると、もう手に負えないだろう。道ばたから石がなくなる。

石で思い出したけど、私の店にもオープン当初に知人からもらった小石がある。おそらく河原で拾ってきてサインペンで顔を書いた、平べったくて丸い石。しかも誕生日プレゼントに。「えっ、いらないです」ってはっきり断ったがだめだった。毎日見ていると愛着がわいてきたのでレジの脇に置いたら、月に一度くらい「これいくらするんですか?」「売ってほしい」っていわれるようになった。何年間かあいまいに断りつづけるうちに、めんどくさくなって千円ってシールを貼った途端、だれひとりとしてたずねなくなった。お金は正直である。ちなみに、その後「拾った石売りはじめたら、人間終わりらしいっすよ」と大学の後輩に忠告された。

シーグラスにシーチャイナ、貝殻はいうにおよばず、木の実に落葉まで、自然物がそのまま雑貨になりうるのであれば、もはやつげ義春の『無能の人』たちの時代がきているということになる。これは雑貨感覚のつぎなるステージに足を踏みいれつつある証左である。

では覚醒レベルが八〇パーくらいになるとどうなるか。想像するだけでもおそろしいが、いずれ雑貨の最後の足かせである、大きさの問題もクリアしてしまうだろう。彼らはジャンボジェットや住宅すらも雑貨としてとらえる。正確には、道具と雑貨をシームレスにつなぐ未知の感覚で物を認識しているはずだ。雑貨を食べ、雑貨に乗って、雑貨に帰って、雑貨で眠る。つまり雑貨は物界を支配し、頂点に君臨するだろう。そして物販店はぜんぶ雑貨屋になる。というか、もはや雑貨屋と名のる必要もなく、物理的な物を集めた「物屋《ものや》」となる。なにいってんだよって思うかもしれない。うん、私もなにをいってるのかよくわからない。だけど雑貨と呼ばれる一群が日本中の売り場という売り場を、これほどまでに占拠する日をだれが想像しただろうか。いつだって一寸先は闇なのだ。物屋的ななにかが生まれる可能性だって否定できない。

おかしくなってきたついでに、もっと想像してみよう。道具界における爪弾《つまはじ》きものだった雑貨が、おそろしい勢いで拡大し世界の大半を覆った未来では、まちがいなく、われわれの生活のほぼすべてはデジタル化されているはずである。じつは、このとどまるところを知らない雑貨化の流れは、現在進行形のインターネットの全面化とパラレルな話なのだ。そもそも雑貨化もデジタル化も、どちらも情報の一元化をめざしている。

アマゾンの倉庫の棚では独自の分類法によって、ドイツで出版された数学の乱数表の横にルームミスト、その横にノルシュテインのＤＶＤ、その横に革財布、その横に私のＣＤがあったりするらしい。たまたま私の店とそっくり同じならびだが、むこうは人間が決めていない。とはいえ店だって半分は、空いたところに物を置いていって、たまに手直ししただけの自生的な秩序なんだけど。ともあれアマゾンの棚は、人間には脈絡がないように見えながら、コンピュータには超合理的なならびとなっている。この謎のアルゴリズムがはじきだす順列によってはじめて、迅速な手配が可能となるのだ。

あたりまえだけどアマゾンがあつかう膨大な物を、ある情報に一元化する商品管理は、ただただ収益向上のために奉仕している。人間をはぶいたまま物と物がたがいに通信し思考する流行のインターネット・オブ・シングスだって、家中の家電をはじめ、あらゆる物をひとつにまとめて管理することで生まれる新たなビジネスだ。こういったデジタル化の大きな潮流は、ひとびとの欲望のかたち、物理的な物にたいする感覚を変えつつある。それは、供給側ではあらゆる物を統一し、商品を雑貨のようにあつかう現象としてあらわれ、消費者の側ではなんでも雑貨に見えちゃう雑貨感覚の覚醒としてあらわれる。ふたつは無関係ではないのだ。

いずれ近い将来、インターネット・オブ・シングスじゃない物を探すほうが困難になるだろう。たとえばデジタル技術をまったく介さずにつくられた物は、いまだってほとんどない。フォトショップに3Dプリンタ、職人ですらコンピュータなしに物をつくれない時代が近づいてる。それといっしょで、どこにも接続されていない物を見つけることも至難の業になるはずだ。身体さえも、さまざまなアプリにたかられ、巨大なネットワークにライフログを献上しはじめている。ブルーノ・ラトゥールのアクターネットワーク理論じゃないけど、いずれひとと物の峻別《しゅんべつ》ができなくなる世界がくる。そのとき、雑貨屋はすでに物屋として統合され、ほとんどの商品がデジタル化しネットに常時接続されているだろう。つまり雑貨は、こっちでは原子の集積、あっちでは情報言語のビットのかたまりとなって存在しているのだ。

雑貨屋よ、さらば。

デジタル技術を一切介さずに生みだされ、かつどこにもつながっていない孤高の物たちが、もし遠い未来にまだ存在していたら。ふたたびシオニズム運動のように結集し、むかしそうであったような意味での、「その他」の物たちの国としての雑貨屋が、再建される日がくるかもしれない。

家路

私は四国の商売人の家に育った。父は両手で数えきれないほどの事業を立ちあげてはつぶし、私が店をはじめたころには小さな出版社と印刷屋と画廊と老朽化したビルが残っていたが、最後はほとんどを手ばなしていった。外では底ぬけに明るく、えんえんと冗談をとばしつづけているくせに、家に帰ると仕事のことだけがあたまを占拠しているのか口数も少なく、子どもたちのまえでもむりしておどけているようなところがあった。食後はいつも、テレビのまえの掘りごたつで電卓をぱちぱち叩いては、濃い鉛筆で集計表によくわからない数字をなぐり書いていて、母はよく「あんたが死んだら、棺桶に電卓いれといてあげるわ」と小言をいった。

家での父はじぶんのことをほとんど話さなかった。どうやら野球チームのなかでは巨人が好きらしい、ということを母が知ったのは、結婚して三十年ちかくたってからだった。湯豆腐が好きで飛行機がきらい。サウナが好きで家事がきらい。計画を立てるのが好きでカジノが好きで蟹玉が好きで……一方、きらいなものはもう思いつかない。弱みのようなものを、ほとんど表にださないひとだった。「お父さんって、あれきらいやね」とたずねてもイエスノーではかえってこない。「ほう」とか「ほんなことはないけどな……」とかいって言葉は宙に消え、とつぜん「輝《てる》ちゃん、こんどの夏休みに広島行ったら、なん食うかのお」などと話がすりかわった。そんな父だったので、仕事の遍歴についてもくわしく聞けたためしがない。母にもたずねたが「もう忘れたわ。しらんまにはじめて、しらんまにやめてるからな。ほんまに。あんだけ好きかってやってきて、本人はおもしろかったんちゃうん」とのことだった。「本人は」というところを強調しながら。

かつてムッシュかまやつがやっていたという服飾ブランドの代理店、途中でシェフが失踪したフランス料理店、あまりにもはやすぎて田舎のひとには理解されなかったサラダバー、子ども服屋、洞窟のような薄暗い喫茶店、アメリカンテイストな駄菓子屋、イタリアンレストラン、「トムオウル」というかわいい梟《ふくろう》のマークのタオルメーカー。もっとある。一説には三十ちかい会社をつくってつぶしたらしい。こうやってならべると、どれも心暖まる単純なしくみの商売が多い気がする。

私が生まれるまえ、母と結婚してからしばらくのあいだ「トロピカル」という名のジャズのライブハウスをやっていた。七〇年代といえばジャズじたいの爛熟期《らんじゆくき》であり、数十年おくれた日本のジャズ界も日野皓正《てるまさ》や山下洋輔といった世界的な演奏家を輩出しはじめたころである。音楽はいまよりも闘争的であった。日野はアメリカに拠点を移してフュージョンに手をだし、山下はなぜかピアノに火をつけながら弾いていた。そんな彼らも四国にきたおりには、トロピカルで演奏をしていったらしい。

父は高校を卒業してアメリカに留学する予定だったが、家の事情で断念し、泣く泣く東京の白金台《しろかねだい》にあった小さな大学に入った。一九五八年。そこはどんな風景だったんだろう。父はでかい浴槽のついた外国人むけのコンドミニアムで悠々と暮らしていたらしいので、お金にはこまってなかったようだが、まあ私といっしょで話を盛るくせがあるので、ほんとうのことはわからない。

そのころの東京で、もっともヒップな音楽といえばジャズであった。とりわけブルーノートからでたばかりの、アート・ブレイキー&ザ・ジャズ・メッセンジャーズの

『モーニン』が席巻していたらしい。父もアート・ブレイキーを神と仰いだかどうかは知らないが、ジャズドラムを叩きはじめた。さっそくサークルでバンドを結成し、都内のあらゆる大学のダンスパーティーに首をつっこんで出演の仕事をえた。そして手がまわらなくなってきたブッキングには、後輩のバンドを送りこんでピンハネしているうちに、みずからの商才に気づいたようだ。出会いをもとめた学生たちを集め、みずからダンスパーティーを主催するようになり、百人くらいいるジャズサークルを掌握して、生きのいいバンドをせっせと他校に派遣してもうけた。ほとんど手配師である。「あんとき演奏うまかったやつらはな、プロになったんやけど、はよう死んだわ。みんな薬でな。お父さんはならんでよかった」。学生時分に大枚を手にしたのが運の尽きで、そのときの高揚感を反芻《はんすう》しながら、その後の半世紀を商売人として生きぬいてきたのかもしれない。

むかし父が運転する車のなかでよく、古いジャズを聴いた。たまにいく明屋《はるや》書店という本屋の、レジのわきにあったカセットテープの棚のさらに右下に、二十本くらいだけジャズの定番カセットが売られていて、父はときどき買い足していた。『サムシン・エルス』『カインド・オブ・ブルー』『シング・シング・シング』『モーニン』

……。

いまでもマイルスの『スティーミン』に入っている「サムシング・アイ・ドリームド・ラストナイト」なんかを聴くと、西条《さいじょう》にあった祖父母の家から雨のなかを帰ってくる車中を思い出す。たった一時間の距離だったが、幼いころの私には、半日くらいに時間がまのびした。雨が降るともっと長くなった。えんえんとまっ暗な山道をのぼってはくだる。行きは楽しく話していたのに、夜になるとだれも口をひらかなくなった。滲《にじ》んだ対向車のヘッドライトが通り過ぎるたびに、事故で死にませんようにと心で祈る。父がときおりハンドルから両手をはなして、指を連打してドラムソロをなぞる。ワイパーの軋《きし》み、クラウンの柔らかい濃紺のソファ、いつも通り過ぎるだけの「ブルドック」というカレー屋、等間隔に立つ街灯、隣でつまらなそうに座っている姉、トランペット。みんななつかしい。

「ヒロポンはやるな。歯がぬけるし、みんなはよ死んだから。あと過激な政治団体には入るなよ。ろくなやつおらんから」。へんなまがあいてから「避妊もちゃんとせえよ」といった。その三つが生まれてはじめて父が私にした命令だった。十八のときである。これから晴れて東京の大学にいかんとする息子にするアドバイスがこれか、と思った。「ヒロポンなんてもうないやろ」。

しかし、おかげでといっていいのか、なにごともなく大学を卒業して、しばらくふらふらしたのち、週六の出勤日のうち半分くらいは夜中の三時にタクシーで帰るといった天国のような印刷所に就職した。一年くらいして電話で父に相談したら、あっさり「そんな阿呆みたいなとこ、やめたらええやん。なんなら労働基準局に訴えたろか」といった。その後、父のつてもあって、地方出身者で在京の経営者にインタビューして記事を書く、という仕事につくことになった。

大学を卒業してからとみに、私は四国に帰らなくなり、かわりに姉も親類もいる京都で家族と落ちあって、年末をホテルですごすことが多くなった。その年は、年明けから新しいインタビューの仕事がはじまるということで、どこか緊張していて体調もすぐれなかった。いま思い出しても、ホテルの薄暗いダウンライトのしたで交わされた、人生二度めの父のアドバイスは、とても不思議な残響をまとったまま心にひっかかっている。細部は夢のようにあいまいだ。

「輝ちゃん、インタビューするんかいな。いやな。おれもむかし、経営者にインタビューしとったんや。輝ちゃんも、おんなじかどうかわからんけど。百人超えたら気ぃつけや」

「なんの話なん。百人って」

「最初はお父さんも楽しかったんや。いろんな話、引きだしてな。輝ちゃんもそんなん得意やろ?」

「やったことないし、しらんわ」

「勉強になりますいうて、ふんふん聞いとったらええんよ。ほやけどな、百人超えたくらいからな、ふだんは気丈な社長たちから悩みごとを相談されるようになってきたんや。相談の内容もな、借金とか愛人とか、ただただ寂しいとかな、いろいろあって、でもな、そのうちどんどん、うちあけ話がやばなってきたんや。逃げたいとか死にたいとかいうて、最後はな、みんなわんわん泣くんや」

「めちゃ怖いやん」

「だれにもいわんといてくださいいうてな。泣くんや。ふだん社長いう生きものは、まわりに弱音はけんけんな」

　父がいつもとちがう人間のようでだんだん気持ちわるくなってきた。こんな話をするひとだったのだろうか。なにを悩んでいるのかも、仕事の話も、好きな野球チームも話さず、口をあけても「老後はハワイでうどん屋ひらいたらもうかるかな」とか「たのむわい、肩もんでや」とかしかいわない父なのに。父はコップの水をのどを鳴らしながら飲んだ。

「輝ちゃん。ずーーっと言葉で人の心に入っていくとな、わかるようになるんや。なにを考えて、なにを悩んどんのかが。そいつの心がわかるんや。もし輝ちゃんもお父さんとおんなじやったら」

　そこで母が風呂からでてきた。

「なんしてんの?」

「いや輝ちゃんにアドバイスしとんや」

　そして小声になって「百人が目安や。おれは怖なってやめたんや。輝ちゃんにそういう能力があるかしらんけど、百人超えて、へんな感じしてきたら気をつけたほうがええで。やめんでもええけど」といって席を立ち、ベッドに寝転がってテレビの音量を上げた。そのとき、父のいう能力というのが、なんなのかわからなかった。精神分析でいう転移のようなものなのだろうか、それともスピリチュアルな霊感のようなものなのか。ホテルの自室にもどってからも、うまく眠れなかった。あれから十五年くらいたったが、父とこれほど長い会話をしたことは一度もない。結局、私は怖いめにあうこともなく社長の取材を三年くらいでやめた。へんな神通力もまったくなかった。たぶん六十人くらいの経営者たちの苦渋にみちた自己物語に耳をかたむけ、そして雑貨屋をひらいた。

「なんでお店をはじめられたんですか？」

「いやーなんとなくはじめたんすよ」

「なんとなく……ですか」とかならず残念な顔になる。

このやりとりを、雑誌の取材のたびにくりかえしている気がする。私としても店を「なんとなく」はじめるってどういうことだろう、と考えだすとよくわからない。『なんとなく、クリスタル』の時代じゃあるまいし、かっこうをつけたくていってるわけではない。正直いえば、わからないのではなく、思い出せないのだ。お店をはじめるまえの私はどうなりたくて、なにを知りたかったのかということも。夢や幻のような、何万個という天文学的な数の雑貨を横流ししているあいだに、ものごとをじぶんの意志で選ぶなんて純朴なことを、想像できなくなったのかもしれない。

私が店をはじめる三年まえ、またしても父が新事業を思いついた。まだ癌《がん》におかされてはいなかったが、すでに六十歳を過ぎていた。茶人でもあった祖父からゆずりうけた古い武家屋敷を改装して、離れをカフェに、母屋の一角を和雑貨屋にするという計画であった。祖父が死んで、遠路はるばるあらわれたマルサたちとの壮絶な争いをへたのち、相続した八百坪の家にまっていたのは固定資産税という名の呪いだった。よっていまふりかえれば、このカフェ事業というのは苦肉の税金対策だったことがわかる。その家をはなれて住むくらいなら死んだほうがましやと、かたくなに母屋の居間から動かなかった祖母が亡くなるまで、店はつづけられた。父がもっとも生きいきしていた、最後の商売だったと思う。

数か月に一回、馬喰町《ばくろちょう》のとある卸し問屋に行ってくれないかと電話があった。「やっぱり東京から仕入れんといかんのよ」というのだが、もはや問屋というもの自体が時代錯誤であり、見るからに田舎の自営業者、といった雰囲気のおじさんおばさんと、アジアから買いつけにきているひとたちがほとんどだった。最初はいやいや足を運んでいたのだが、あるときから、ここほど雑貨のもつ貪欲な生がむきだされている世界もないだろうという、べつの関心がめばえてきた。ヤフーオークションのタグでだけ存在していると思っていたアンティーク風、北欧風、フランス風、『クウネル』風、『天然生活』風といった言葉がちゃんとポップのなかに書かれていて、その概念を具現化した、あくまでなんとか風の雑貨たちで棚があふれていた。フロアじゅうに集められた花柄や天使柄のメルヘンな物、猫を頂点としたおびただしい動物のキャラクターグッズ、必要性をまったく感じない便利用品、けん玉とかカルタとかノスタルジックな新商品、ムーミンや星の王子さまや得体のしれない地方のゆるキャラなどライセンスがばらまかれてしまった物たち……もうなんでもあった。私が学生時代に熱心にかよっていた雑貨屋のすべてが、こういった雑貨たちを無意識に抑圧することでなりたっていることを一瞬で理解した。

そんなガンジス川のような雑貨の濁流から、和雑貨を買い集めてきてはときおり四国に送った。夏休みに祖母に会いに帰ったとき、その屋敷にかつて柳原白蓮《やなぎわらびゃくれん》が吟行《ぎんこう》におとずれたときに詠んだとされる歌の掛軸や、魯山人《ろさんじん》の瀬戸黒《せとぐろ》の茶碗がかざられた床の間のまえに、馬喰町からやってきた、着物のはぎれでつくられた下衆《げす》な眼鏡ケースやポーチなどがごろごろ山積みされていて愉快だった。

私が店をはじめて数年たったころ、父は癌の手術をうけた。そのことを父は直前までかくしていた。年末になり、いつもよりはやめに実家に帰ったとき、腫瘍《しゅよう》を切ったものの血中の数値がかんばしくないことを知らされた。心なしか父の口数は少なかった。まだ軌道にのっていないことを察したのか、私の店についてはなにもたずねなかったし、いつもの仕事の話もなかった。そのとき父は死について真剣に考えていたのだと思う。

大晦日の夜、寝室の暗闇のなかで「輝ちゃん、死んだらどうなるんかのう」と父が突然いった。

「わからんわ」

「そうか」

遠くから「火の用心」の拍子木《ひょうしぎ》が響いていた。深いため息のあとに、シーツをたぐる音が聞こえる。となりのベッドで母が寝たふりをしていた。

「なにもかもなくなるわけやないと思う。心は消えても、骨や、もってた物は残るけん。それがなんを意味するんか、わからんけど」

「ほうなんか、輝ちゃんようしっとるな」

「しらんよ」

「最後にもういっぱつ当てたかったなあ」

「当てる？」

しばらくして「商売」とだけいって、むこうをむいた。

雑貨の秋

田村隆一の『新年の手紙』(青土社)のなかに、私の店と同名の詩がある。自然と、自然から疎外された人間に捧げられた小さな詩だ。そこに「時が過ぎるのではない/人が過ぎるのだ」という一節がでてくるが、まさにきのうも今日も、ひとびとが店の右の扉から入ってきて左の扉からでていく。私はずーっと椅子に座ったままだ。なんだかせまいところに押しやられていく。日記によればイスラエルのシャロン首相がガザ地区からユダヤ人の撤退を決めた、とある。二〇〇〇年代なかごろの夏。なんにも考えずに店をはじめた。北欧っぽいのとか、リネンとか、それらしい雑貨を仕入れて机にちまちまならべ、あとは毎日座っていた。もちろんだれもこない。まのびした時間のなかで、みんな会社で出世したり合コンしたりちちくりあったりしてるのに、なんで私だけがこんなせまいところでじっとしてるのか、という身勝手なあせりにさいなまれた。そのあせりはしばらくすると、だれにも叱られない環境にいる人間ってだいじょうぶなんだろうか、という不安に移行する。テレビで高飛車な占い師の看板番組を見た翌日、店で「有料、優しく、叱る、店」などと検索バーに打ちこんでだらだらとすごした。どこまでも暇だった。ときどき、まとまって知人がくることもあったが、レジでいつになくべらべらしゃべった日にかぎって、夜になると世間とふれあってる確かな感触が、ふっと消えてしまうことがあった。

そんなときは、家の最寄駅の近くにあった薄暗い喫茶店にたちより、コンパに興ずる学生たちの人いきれのなかで不安をまぎらわした。まだ国立《くにたち》に住んでいたころの話だ。私のアパートは、一橋大学の東キャンパスをつっきり、小さな通用口をくぐってすぐの路地にあった。夜もふけるとキャンパスの街灯は消え、いつも靴の紐が見えないほど暗い林道を歩いて帰る。通用口の手前には、鬱蒼《うっそう》とした木々に囲まれた研究棟が建っていて、留学生のための宿舎でも近くにあるのか、建物のまわりにはかならず何人かの外国人たちが腰をおろしていた。彼らがにぎりしめる携帯電話の光が闇に浮かんでいる。ときおり空虚な店の営みに耐えられなくなると、それぞれの遠い故郷にむけて電波を放っている留学生にまぎれ、研究棟の階段に座った。そして自販機のカップヌードルを食べたり、本を読んだりして夜半まですごした。

一年くらいたってやっと、ぽつぽつひとがおとずれはじめる。気づくと以前よりちょっと店がせまくなったような、奇妙な感覚がめばえたのはそのころである。慌てて椅子の向きや机の位置を変えたり、雑貨の数を減らしたりしたけど、その狭小感覚はぬぐえなかった。二年くらいして店も軌道にのりはじめ、親しい友人知人も増えてくると、営業中に店がせまくなることはぱたりとなくなった。だが疲れた閉店後に壁やシャッターの裏側なんかをぼけーと凝視していると、とつぜん「なんか店、せまっ」という感覚が舞いもどってきた。

私は徐々にせまくなっていく袋小路を歩んでいる。このまま何十年かして、せまい界隈のせまい価値観のなかで、部屋の内側から鍵をかけて楽しげにわいわいやっているじぶんが浮かんだ。口髭なんかはやして。息がつまりそうだった。店を理想のかたちに近づけてるつもりだけど、世間のイメージにからめとられ、十八歳で田舎から東京にでてきたときに夢見ていたような広々とした世界から隔絶されていく。日記によれば、当時流行っていたダンカン・ワッツの『スモールワールド・ネットワーク』なんかを読んで世間のせまさについて考えていたようだが、なんの解決もあたえられなかった。このままじゃだめだ。鍵のかかった部屋からどうやったらでられるだろう。

疲れたのでたっぷり夏休みをとって、とくに深い理由もなくイギリスに行った。私はロンドン北部のハムステッドにあるフロイト博物館で、無神論者だったユダヤ人が蒐集《しゆうしゆう》した古代の神々のかけらを見た。机や棚にところせましと、ギリシャ、エジプト、中近東、ローマ、南米、インド、中国などからでたらめにやってきた小さなオブジェがあって、黴《かび》くさいペルシャ絨毯《じゆうたん》のうえで何時間もぼうぜんと立ちつくした。いま考えても、どうしてそういうことになったのかわからないが、帰国後の私はとりつかれたように幼いころの記憶をたぐりよせ、常設の品をいれかえはじめた。

その記憶のほとんどは、幼稚園から中三まで隠れキリシタンのように買い集め、拡張させつづけてきた「レゴ」の一大サーガである、っていわれても困るだろうけど。あとは小五のクラスメートだった浜田くんとふたりで遊んだ『マザー』というテレビゲーム。どういう取り決めだったか忘れたが、何十分かおきにコントローラーを交換しながら旅をわけあった。おかげで夏の終わりからはじめてクリスマスまでかかった。クリアした瞬間、コントローラーをもっていたのはどっちだったか。ふたりで黙ったままエンドロールを見終わったあと、浜田くんはポケットからペンキのついたブロック片をとりだした。それは西ドイツから転校してきた浜田くんちにあった、崩したてほやほやのベルリンの壁であった。

秋になると、幼なじみのおでん屋の息子と毎日のように焚き火をやった。物置にはおでん屋のお客がつかった、黄色いからしや赤い口紅が染みついた割り箸が山ほどあった。箸を半分に折って井の字に積む。火をくべて、まつ毛が焦げるくらい顔をよせてまっていると、山荘にでもありそうな立派なマントルピースに見えてくるのだった。

これも小学校のころだったと思うが、週末に家族でよく「キャンティ」という名のイタリア料理店に行った。イタリアン界ではひどく凡庸《ぼんよう》な店名なのか、現在検索しても私の通ったキャンティは見つけられなかった。薄暗い店内にはいつもスパニッシュギターのしらべが流れ、レンガの壁には大量のワインの空瓶やシャガールの版画、でっかいマイセンのブルーオニオンなどがあった。私はかならずバジリコをたのみ、食べ終わると皿一面に残った油で遊んだ。当時、読んでも読んでも終わらない『ハックルベリー・フィンの冒険』という熱病にうかされていた私は、目の位置を机の高さまでさげ、透明な黄緑の湖にバジルの舟が浮かんでいるようすを眺めた。そして大人たちが食べ終わるまで、フォークの先で舟を沈めたり、くっついてきたやつを皿のふちに着岸させたりして暇をつぶしていた。

ほかにも、いろんな場所を、いろんな部屋を、いろんな壁紙や絨毯を思い出していく。フロイト博物館からさかのぼった子どものころの記憶は、たとえその物がどんなに野卑《やひ》であろうと高尚であろうと、目のまえに偶然さしだされた物に心を近づけ内側にすりぬけることさえできれば、なんとだって語らえることを伝えてくれた。なんだってよかったはずなのだ。なんだって。

ともあれ『雑貨カタログ』にのってるような「ここちよい雑貨に会いに旅にでよう」とかいう寝ぼけた話はやめよう。さっそく、ありきたりの雑貨を文脈も素材も国も色も用途もちがう、びみょうに店にそぐわない物に置きかえ、隣接する商品同士をなるべく脈絡のないようにならべなおした。店の乱雑さを高めて、ある種のイメージに吸引せんとする重力を振り切ろうともがいた。だれかに追いつかれないように流動的で、自他ともに、なにがやりたいのかよくわからない店でなくてはならない。

展示も頻繁にするようになった。売れる売れないはひとまずおいて、とらえどころのないスケジュールになるように、幅広いジャンルから、それぞれちがった界隈の作家にお願いしてまわった。陶芸、木工、刺繡《ししゅう》、ガラス、活版、イラスト、小説、写真、アンティーク、織物、絵画、デザイン、彫刻、短歌、アクセサリー、消しゴムはんこ、人形、うるし、版画、オブジェ、金工《きんこう》、音楽、張り子、古本、染色、なんやかんや。展示回数は加速度的に増え、ついには週替わりで展示をもよおすようになった。

しかしやってみてわかったことだが、毎週挨拶して、搬入して、搬出して、さよならをくりかえしていると、ひととして大切なものが着実にすりへっていくのだ。鏡に映る私は、三十歳目前の不安な男のつらをとおりこし、左右非対称のなんだか奇妙な顔つきになっていった。

そうやって月日を重ねるうちに、言葉通りなにがやりたいのかよくわからない店が完成されつつあった。商売の種火にされた幼いころの記憶はもはや焦げつきそうだった。しかも、これだけ駄々をこねても結局、おなじ重力圏の似たような人間にしか出会えなかったし、だれも重力の存在なんて気にならないようすであった。おそらく私のキャパシティに問題があるのだろう。私は見えない檻《おり》のなかで営業をつづけた。そしてあるとき、老朽化のためにあっけなく追いだされた。

移転先の扉の数はひとつに減り、いまも椅子に座っている。スタッフもいない。ひとびとは正面の扉から入り、くるりと背をむけて正面の扉からでていく。時が過ぎるのではない。ひとが過ぎるのだ。

音楽を聴いたころ

私は雑貨によって多くのものをえて、多くのものを失った。なかでも最大の喪失は、大好きだった音楽をなくしたことだと思う。

雑貨屋をはじめるまで気づかなかったが、その空間では、音楽は微妙にゆがめられたべつのなにかとして耳にとどく。音楽がBGM的なものになってしまう、という話だけではない。もっと巧妙なかたちで音楽の聴きかたじたいを矮小化してしまうのだ。もしかしたら、雑貨店の入口にしっけいな門番でもいて、音楽を厳格なドレスコードでふるいにかけているのかもしれない。あるいは音楽が運よく入場できたとしても、つぎにもっと狡猾《こうかつ》な調教師が待ちかまえていて、そこで音楽のもつ奔放さをみごとに去勢しているのかもしれない。ともかくいまは、学生時代に音楽という多様な存在にただただ勇気づけられ、眼前の世界から自由になれると素朴に信じて生きてきたじぶんに、謝りたい気持ちでいっぱいだ。

かつては「ちまたの統一感を是とする雑貨屋でたれ流される、音楽世界の貧困さを見よ。店主は調教ずみか、音楽を知らないか、嘘をついているかのどれかだ。残念ながら、視覚と聴覚のセンスってのはまったくことなる原理で構築されるものなんだろう」などとあざ笑っていた私の耳も、知らずしらずのうちに規律訓練をほどこされていった。どんどん許容できる音のダイナミックレンジがせまくなり、数年後にはフラットでおだやかな音楽にだけ感情をあずけるような身体になってしまった。

店もなかなか軌道にのらず、たよりの音楽まで失いつつあった当時の私は、完全に路頭に迷っていた。そんな暗い日々のなかで、もっとも心の支えとなったのは、いくぶん偏向した近所の音楽家たちとの交流であった。彼らはみなひねくれていて、それぞれの信じる八百万《やおよろず》の音楽をかってきままに愛していた。私の店の雑貨に興味をしめさないかわりに、狭量な金勘定の世界とは無縁だった。もちろん彼らは彼らの界隈で、いろいろなものを失ってきたのかもしれないが、人生の多くの時間をさいて手にした音楽をおしげもなく私に教えてくれた。

ザ・フォール、ハイナー・ゲッベルス、ヴィーラント・クイケン、ジョン・ジェイコブ・ナイルズ、キャプテン・ビーフハート、アルフレッド・コルトー、アクサク・マブール、サイモン・フィッシャー・ターナー、ジョニー・ホッジス、トーマス・ドルビー……数えだすときりがない。雑貨界の無礼きわまりない収奪から店を守る護符として、彼らがコピーしてくれた音楽をひたすら流した。ふたたび音楽を聴く喜びを思い出せる気がした。

だけど結局、それも長くはつづかなかった。開店して五年を過ぎたころだろうか。私の耳の調教はある閾値《いきち》をこえ、メロディやリズムにユニゾンして、店がつぶれる小さな足音を聴くようになってしまった。自営業の先輩いわく、その空音《そらね》が一度でも聴こえたら、もとにはもどれない。音高の闊達《かったつ》な上下運動やノイズが、売上に悪影響をおよぼしているという強迫観念は、それまで峻別されていた音楽と商売をいっしょくたにして、音楽をひとまわり小さなべつのなにかへと書きかえていく。そしてやがて、ある種のホーリズム的な音楽の力を、どうやっても信じることができなくなってしまう。音楽はもっと自由だったはずなのに。雑貨とは、なんと罪深いものなのか。

そんな私にいま、なにが書けるだろう。願わくは、この壁に囲まれたおのれの世界からほんの一瞬だけでも飛びだしてみたい。人気スタイリストみたいな、お気にいりの雑貨の紹介本なんて死んでも書きたくない。かといって、百円ショップを利用して部屋をカリフォルニアスタイルにしよう、みたいな難解な本も残念ながら書けない。

ときどき私の店を冗談まじりに「なにがやりたいのかよくわからないですね」というひとがいる。もちろん、なにがやりたいのかよくわからなくなるように努力してきたので、とってもありがたい感想なのだが、いつも心のなかではこう弁明してしまう。こんな店になってしまったのは私の頭が少しへんってだけじゃない、美しい物から俗悪な物まで、わけへだてなく雑貨とつきあいつづけていると、だれだって、どうすればいいのかよくわからなくなるんだと。

雑貨の濁流はひとびとを押し流し、音楽をうばい、消費へとむかわせる。それはすがたも見えず、よって逃げも隠れもできない。たとえ流行の商業施設でしのぎを削るライフスタイルショップであろうと、地方で細々と職人の手仕事を紹介してきた生活工芸の店であろうと、ドン・キホーテや百円ショップであろうと、現代の清貧のような古物商であろうと、しがない私の店であろうと、すべてを等しく洗い流していくのだ。雑貨とはいったい、なんなのか。雑貨に音楽までうばわれた私には、もはや雑貨そのものについて考えることでしか抵抗の道は残されていないだろう。

雑貨の歌を聴け。

まともな音楽はもう聴こえなくなったけど、雑貨の歌くらい、聴いてやろうじゃないか。

オフシーズン

震災の翌年、まだネットにはアイチューンズがちょこんと座ってたくらいで、一生かかっても聴きつくせないほどの音楽を自由にストリーミングできるような欲深いシステムもなかったころの話である。その夜、私がえらそうにいったのは「もうだれもＣＤなんて中途半端なメディアは買いません。なので物としてほしくならなければリリースする意味はないので、オブジェとして……百歩ゆずって、雑貨として成立するような物じゃないと」ということだった。閉店後の店でおこなわれた、ドイツと日本を拠点に活動する「シンプル組合」というデザインチームとの打ち合わせの席であった。なぜかドイツ人のティルマンさんが目のまえにいて、日本人の門倉さんはスカイプを介したマックブックのなかにいた。ベルリンはよく晴れた正午だった。

デザイン作業は紆余曲折《うよきょくせつ》したが、その年の十二月に私の『オフシーズン』というアルバムが完成する。濃紺の紙のケース、光る盤、クレジットが載ってる紙、にぶい銀色の帯を精巧に組みあわせると、かろうじてオブジェになるようなしかけであった。それらはすべて、武田晋一くんという美術家に考えてもらった。彼はフランスのブールジュにある国立の美術大学で学び、帰国後は奈良で制作していた。それぞれの曲と対応した架空の街の地図をつけて、むりやりにでもアルバムを買ってもらうような努力もした。私の思いこみかもしれないが、ちょうどそのころの音楽業界には、CDをだす意味なんてものを自問自答して、だれかに弁明しなくちゃならないような空気があったのだ。だから足りない頭であれこれ考えた。

だけどふりかえってみれば、私がやったことは音楽の雑貨化にすぎなかったのかもしれない。音楽の半分ぐらいがネットから逃げだし、物の陰にうまく隠れさえすればCDだって生きのびられるんじゃないか、という根拠のない希望に支えられた、雑貨屋なりの悪あがきだった気もする。いまではもう過渡期は終わり、世間には、CDはじゅうぶんがんばったし好きに暮らせばいいさ、といった憐情《れんじょう》さえただよっている。野垂れ死のうが、薄い四角の雑貨として生きようが、とやかくいうひともいない。晴れて自由の身になったのだ。

とにもかくにも、どんな時代になろうと、一瞬だけでもいいから音楽をネットから引きはなして、静かな場所で物として暮らさせてやりたい、というフェティッシュな音楽家や好事家《こうずか》たちが途絶えることはないだろう。おそらく、彼らはしばしCDからはなれ、一度しっかりとデッドエンドをむかえて、もうなにも失うものがなくなった果てに物神化した録音メディアへ遡行《そこう》していくはずだ。つまりレコードやカセットたちへと。

レーベルからリリース記念の販促ライブを打診されたとき、総勢十五名を超える演奏家をむかえたこのアルバムを再現することは不可能だ、と断った。かわりにCD自体をオブジェ化するアイデアをもっと進めて、武田くんに私のつくった二十曲をそれぞれ立体作品にしてもらい、音楽の舞台となった見知らぬ季節はずれの街を、納得のいく空間で現前化するような展示であればやりたいと答えた。ずいぶん無謀な提案であったがレーベル側も理解をしめしてくれて、発売とおなじころに、吉祥寺のアウトバウンドという店で二人展を開催できる運びとなった。

アウトバウンドの店主である小林和人《かずと》さんは、大学をでて煩悶《はんもん》する毎日を暮らしていた私に、音楽をつづける方途をあたえてくれた恩人でもある。十年以上まえになるが、あのときラウンダバウトという姉妹店でライブをさせてもらわなかったら、音楽なんてとっくにやめていたはずだから。

ラウンダバウトができたのは、たしか大学二年のころだった。当時住んでいたアパートから歩いて数分の古い雑居ビルにあって、学生時代をつうじて、もっとも足しげくおとずれる店となった。踏みかためられて赤黒くなったビロードの階段を、ぎしぎし音をたててのぼった二階には、いつでも息をのむような空間が広がっていた。

店名の由来であるイギリスのロータリー式交差点のように、あつかう商品は、あらゆる方角のジャンルにむかいながらも、小林さんが美しいと感じた物だけを厳選するという編集方針が、棚の隅々までつらぬかれていた。ともかく、かっこよかった。東京広しといえども、そんな店はほかになかったのだ。ラウンダバウトが体現する雑貨の世界は、上京したての私が興奮しながらかよったコンランショップ、イデー、フォブコープ、ザッカといった雑貨史の名店とも、ハリウッドランチマーケットやデプトといった古着の有名店ともちがった。ひねくれていて、無骨《ぶこつ》で、なによりもっとパーソナルなものだった。いま雑貨界にあふれかえる行儀のいいライフスタイルショップなどからは、もっとも遠くはなれた店であったと思う。のちに著作『あたらしい日用品』（マイナビ）がでたとき、影響をうけた先人としてムナーリ、柳宗理《やなぎそうり》、イームズをあげたあとに、しれっとヒップホップ界の大聖人、アフリカ・バンバータがでてきて度肝をぬかれたが、みょうに得心がいった。ほんとうに、多様な音楽を愛するように物を愛するひとであった。

そんなラウンダバウトの上階に、しばらくして「フロアー！」というカフェができる。夜おそくまでやっていて、なぜかそのころ、音楽家の伊藤ゴローさんとよくお茶をしに行った。ある年の瀬の夜、さつまいもの甘露煮をほおばりながら「下の階の雑貨屋で、たぶんですけどゴローさんの「ブック・オブ・デイズ」かかってましたよ」と伝えると「ほんと？『ウルフ・ソング』を流してくれる店なんてあるんだ」とおどろいていた。ゴローさんは「そこでぼくらのライブをやらせてもらえたらいいのにねえ……」と左手の楊枝《ようじ》で麩《ふ》まんじゅうをつつきながら笑った。すぐわきの線路を井の頭線が走りぬけ、古いガラス窓がかすかな音をたてる。大学をでてすぐに勤めた印刷所を逃げだすようにやめ、しばらくうなだれていた私は、ゴローさんの冗談めいた提案に「店中、物がいっぱいあるんでライブなんてむりっすよ」と返しながらも、心は高揚していた。

二〇〇三年、ラウンダバウトでのライブが実現して、おかげで自らの偏向した音楽を手放せなくなったことが、よかったのかどうかわからない。でも実際、あの夜のやりとりがいまにいたるあらゆるものごとの分岐点だった気もする。ちなみに演奏会のためにつくった即席バンドで、ギターを弾いてくれたOとはその二年後、ともに店を立ちあげることになった。

ホットポー

私が大学に入った年に、全世界で「ウィンドウズ98」が発売された。しばらくしてソニーのバイオという最初期のノート型パソコンを知り、すぐさま現金をにぎりしめて吉祥寺のラオックスに買いに行った。ピーゴロゴロ、ピーガラガラと、けたたましい発信音を立てながら未知の回線がつながり、寝るまえに一時間くらい、だれからもこないメールボックスをチェックしたり、バンドで運営していた「さるさる日記」にどうでもいいことを書きこんだり、「ほぼ日」を熱心に読んだりした。とくにおもしろいわけでもなかったけれど、真夜中にひとりで起きて悶々としている人間はじぶんだけじゃないんだ、という共時性のようなものを私は生まれてはじめて味わった。当時のネットサーフィンは、情報を集めるためではなく、入学してしばらく友だちもできず東京で透明人間のように暮らしていた、なにものでもないじぶんをなぐさめてくれる代替行為であった。

こういうインターネットに元来そなわっていた、ひとびとが趣味趣向でつながり、擬似的に自己承認しあうシステムは、時代が変わってSNSなどにひきつがれたいまも、その本質をほとんど変えていない。大学時代をつうじて、仮想の世界で生まれたしくみは徐々に現実にもちこまれ、若者たちの生き方のルールをほんの少しずつ書きかえていった。つまり、インターネットの支援をうけた現実世界は、せまい需要のサークルのなかで物をつくりだして、たがいに評価しあうゲームを、あらゆる分野で可能にしたのだ。私をふくめ、みなが表現者として立ちあがっていった。いわんや、それは自己表現としての雑貨のつくり手を大量に生み、その後の雑貨の爆発的な広がりを準備することにもなった。

ある冬の夜、あてもなく立ちよったドラッグストアで、実家でよく飲んでいた「ホットポー」というオレンジ色の瓶が目に入り、おもわず足をとめる。瓶を左右にかたむけて、ポカリのような味がする粉末をさらさらと動かしながらしばらく考えたが、結局買わなかった。部屋にもどり湯船につかってぼーとしていると、風邪をひいたときの布団のなかや、英単語を必死でおぼえた深夜の台所で、ホットポーの粉をお湯で溶いてふーふーしながら飲んだ情景がつぎつぎと去来した。数日まえ、急に親から実家をだれそれに売ったという電話をもらい、生まれ育った家がなくなった喪失感をまだ引きずっていたのかもしれない。ふたたびパジャマにダッフルコートをはおり、ドラッグストアにむかった。

湯を沸かしながら、いつもつかっている「千里眼」という名の検索サイトに「大塚製薬、ホットポー」と打ちこむと、とつぜん、馬鹿な電話回線のせいで画面が動かなくなった。そのあいだにホットポーを大きめのマグカップにつくってひさびさに飲んでみたが、それは私が知っているものよりずいぶんと薄い味だった。粉が足りないのかもしれないと思い何度かつぎたしたものの、記憶と現実の味の溝はいつまでも埋まらなかった。回線は止まっては動き、なんとか十五分くらいかけて公式サイトにたどりつく。そのときふいに、男の子が郊外の夜の住宅街にクラスの女の子をたずねていく映像がよみがえってきた。なんの映画だろう。そうだ、彼女は風邪で高校を休んでいたのだった。吐く息は白く、遠くで高速道路をたえまなく走る車の音が、潮騒のように聞こえる。ダッフルコートを着た男の子は、幼なじみのその女の子のことが好きで……あれ？　それが、ホットポーのテレビCMであることに気づくのにずいぶん時間がかかった。

大学三年のころ、「いちごびびえす」という巨大掲示板が開設され、経済板を必死で読むようになった。私のOSは最新の「ウィンドウズMe」ではなく「98」のままだったが、回線は電話からISDN、ADSLと進化した。経済学部のプレゼミでも、2ちゃんねる派といちご派にわかれていたが、どちらの掲示板にも著名な経済学者が降臨する板があり、いま思いかえしても、そうとう高度な舌戦がくりひろげられていた。授業で習ったばかりのマンデル・フレミングの法則や流動性の罠といったむずかしい用語が、その道のプロたちによって自由闊達に論じられていた。私が入学した当初は、いまだバブル崩壊による不良債権をどう処理するかが中心的な議題であったが、いちごびびえすでアゲだのサゲだのいっていたころには、すでにいまとおなじで、デフレ不況をどう脱するかが緊急課題として浮上していた。卒業するころには財政再建派とリフレ派にわかれて、第一線の経済学者たちがまっこうから対立していて、もはや収拾がつかなくなっていた。終わりのない二項対立をはじめて見た私は、なにを信じていいのかわからず絶望的な気持ちになった。十年後に東北で大地震がおこり、この手の終わらない争いがインターネット上のいたるところで再演されていくことを、当時の私は知るよしもなかった。

いちごびびえすと同時期に、日本でもアマゾンが開設される。また「ググる」というスラングが生まれたのもこのころだった。インターネットによる自己充足機能のつぎにあらわれた利便性という第二特性が、前者をおおいかくす勢いで広まっていく。インターネットって便利なのかも、とひとびとが気づきはじめた時期でもあった。ギリシャの海綿のようにすかすかだったウィキペディアもだいぶ穴が埋まり、私のかよった二流大学では、もはやインターネットなしではだれもレポートを書けなくなりつつあった。世界は着実にグーグル社の「世界中の情報を整理し、世界中のひとびとがアクセスできて使えるようにすること」という使命にむかって歩みはじめていた。

いわんや、雑貨においてをや。このグーグル社の社是《しやぜ》の「情報」の部分に「雑貨の」をつけくわえてみればわかるように、雑貨のカタログ化がすごい勢いで進んでいった。雑貨とは雑貨感覚によって人がとらえられる物すべて、というトートロジーであるが、いまある雑貨感覚はまちがいなくインターネットによって醸《かも》しだされたものだ。雑誌と雑貨店の蜜月から、小さな雑貨感覚がつくりだされていた時代とは規模も速度もちがう。なにより識者の声は消費者にとどかなくなった。もはや美意識があるとかないとか、オリジナルなのかコピーなのかとか、そういうことは関係なく、あらゆる場所においてひとびとが物と出会ったときの、「いいなー」「かわいい」「素敵」「かっこいい」「おしゃれ」といった心の動きが、どんどんとネット空間に情報として吸いあげられるようになった。それはシェアされ、雑貨感覚という巨大な集合意識の雲を生みだしていく。その雲のなかで供給側もせっせと物をつくりつづける。

いったん雲におおわれてしまうと、あるひとがある雑貨を見て「これがほしい」と思ったときの欲望がどこからきたのか、いまや来歴をたどることは不可能になった。つまりなぜいいと感じるのか、いったいだれがいいと教えてくれたのか、端的にわからなくなったのだ。がゆえに、当の本人はじぶんの感性と意志で物を選んだと信じて疑わなくなっていく。もしなにかの拍子でちょっとでも疑いはじめたら、きっとそのひとは消費生活者として、とても不安な人生を歩むことになるだろう。

私は冷めたホットポーをいっきに飲みほした。そして、だれからもこないメールボックスを立ちあげ、生まれてはじめて赤の他人に電子メールを書いた。

「大塚製薬、ご担当者さま。夜ぶんにすいません。私は御社のホットポーが大好きです。もちろんいまもホットポーを飲みながらこのメールを書いております。ところで二年くらいまえに、高校生の男の子が郊外のアパートに暮らす女の子をたずねていって、バックで、ぼーくはー、遠ーい、星とー、近くーの、君をー、見ているー、という歌詞のJポップが流れる、御社のコマーシャルがあったと思うのですが、だれが歌った、なんという曲かわかりますでしょうか?」

もう一度読みなおして、のばし棒をやめて「ぼくは遠い星と近くの君を見ている」に、「Jポップ」を「ポップス」に変えた。カチッと送信ボタンを押してから、一分くらいしてやっと画面に「送信しました」と表示された。それからさらに二十年ちかくがたとうとしているが、返信はまだこない。

II

道具考

私が雑貨の本を考えるにあたってすぐに浮かんだのは、戦後の工業デザイン界の泰《たい》斗《と》、榮《え》久《く》庵憲司《あんけんじ》の『道具考』(鹿島出版会)っていうへんな著作だ。えくあんっていう名前からしてすごいんだけど、中身はどこにだしても恥ずかしくない立派な奇書に仕上がっている。なんせデザイン、ミーツ仏教。一九六九年発行、絶版。榮久庵はあのキッコーマンの醬油差し、東京都のシンボルマークやミニストップのロゴマーク、JRの駅のサインシステム、私の店に来るために必要な中央線や総武線の車両など、ミクロからマクロまでなんだってデザインしてきた。同書は榮久庵のはじめての著作で、出だしから気合いが入っている。

「土器、石器に始まる道具の歴史は、そのまま人類史であるといって過言ではありません。物言わない道具の歴史は、いわば影のように人間の歴史につき、従ってきたといってもよいのです。影の動きが止まれば、それは恐らく人類史の終りをも意味するといってよいでしょう。（略）その種類も量もいかなる生物のそれよりも遥かに多く、しかも年々歳々増加の一途を辿っているのです。あたかも人間の欲望が際限ないように、道具世界は際限なく膨張しているのです」

なんと壮大な。人間と自然の対話としての道具世界。榮久庵はその道具世界を介して、森羅万象をまるごと語ろうとしている。そのへんの雑貨屋のおやじが遠くを見ながら「職人の手仕事はさあ、手と道具を見ればわかるんだよねえ」とかいうちんけな話ではない。『2001年宇宙の旅』じゃないけど、人類誕生のころの土器や動物の骨片をつかったあれこれから、石油タンカーや宇宙ステーションまで、目に映る人工物はほとんど道具である。この道具のパースペクティブははかりしれない。

本書から道具をランダムに拾うと、エジプトの黄金の棺《ひつぎ》、ビルをつくるハンマー、素朴な灰皿、真空掃除機、石斧、自動車、主婦を労働から解放した電気釜、優れたバスストップ……なんでもござれ。道具世界の超巨大なデータベースにアクセスさえできれば、あらゆる時代にワープしてなんだって語れる、といわんばかりだ。こんな感じで本書は全編にわたって、長いながい高度経済成長のとば口に立った時代特有の、全能感に満ちている。

榮久庵はすべての道具が一瞬で溶解し、あとかたもなく吹き飛ばされてしまった広島の爆心地の光景を、十六歳のころに見ている。そしてすぐにアメリカから押しよせた目も眩むような物質的豊かさのなかで、デザイナーをめざしはじめた。つまりそのふたつのコントラストから、人類がつくりだした道具世界の功罪を、もっとも自覚せざるをえなかった世代のデザイナーだろう。

本書でも、道具という偉大な存在を讃えつつ、一方で道具をしつけて秩序あるよきものにしていく努力の必要性をひたすら説く。えっ、しつけ……あれ？　なんかへん。そうなのだ。「道具世界導入」っていう最初の章はその大風呂敷にドキドキするんだけど、先に進むと徐々にわけがわからなくなってくるのだ。仏僧でもある榮久庵和尚《おしよう》の死生観が全開となり、章ごとのタイトルも「無常空間」「断と縁」といった感じで抹香《まつこう》がぷんぷん漂いはじめる。道具とはひとの心の写し絵なんだ、といいはじめたあたりから、移ろいゆく自然、人間の業、おびただしい道具が互いに干渉してモアレと化す。途中からひとの話なのか道具の話なのか判別できなくなる。

　さらには、章ごとに和尚の精神世界をあらわした書画が折りこまれ、数ページごとに万物をとらえたモノクロ写真が入る。犬と寝てるどっかの原住民、中宮寺の観音、イグアナの群れ、はだかの乳児、聖徳太子、琺瑯《ほうろう》のポット、ジャンボジェット、志野っぽい茶陶。もうえんえんつづく。それはある意味、諸行無常の世界そのものであり、なんだって語れるということは……もうしわけないけど、なにも語りえないことに等しいんじゃないか、という疑念がつのっていく。そして「輪廻《りんね》の美こそ、道具世界の真の願いなのです」という言葉で本書は閉じられる。

　以上のような、いつまでたっても改行のこないデザイン念仏は、多くのひとにとって苦行となるだろう。私が感動したのは、このデザイン、ミーツ仏教の方ではない。デザインと説法を武器にどうにかこうにかして世の果てまでえがいてやろう、とする誇大妄想的なまでの榮久庵の執念である。そもそも現在、こんなふうに世界の全体性を把握しようとする人間をめっきり見かけなくなった。それはインターネットをひらけばわかるように、自閉した小さなコミュニティが無数に乱立して、なにをいっても相対化の嵐にさらされるようになったせいもあるだろう。いつまでたっても高みには到達せず、だれも全体性なんていうリスキーな絵空事を目指さなくなってしまったのかもしれない。

『道具考』は、ある種のデザイナーたちの系譜を引き継いでいる。たとえばグラフィックデザイナーの杉浦康平や、バウハウス直系のウルム造形大学にいちはやく留学し、日本のデザイン学の礎《いしずえ》をきずいた向井周太郎なんかにもつうじる仕事だ。ドメスティックな匂いがぷんぷんする。私ごときに向井のデザイン学をひと言でいいあらわすべはないが、かってな解釈をすれば、ニュートンの科学的な光学を敵視したゲーテの『色彩論』からはじまり、シュタイナーやバウハウスをへて、古今東西の哲学や詩学、心理学や数学、そこから派生したゲシュタルトやフラクタルといった概念、あとは東洋の神秘主義をたっぷりふくんだ……まさにキメラ的な体系である。もちろん科学的な実証からはいくぶんはなれつつも、戦後を代表するデザイナーたちの心の深層には「あらゆる事象は、デザインという枠組みでぜんぶすくいあげられるんだ」という頑強な欲望が根づいていた。なぜだろう。

広義のデザインというのは産業革命以降の大量生産時代の副産物である。それまで職人たちがすべて手仕事でつくっていた物を、製造は機械が、意匠はデザイナーが、機能や構造の設計はエンジニアがおこなうようわかれた。だが量産化されればされるほど、社会にせこくて醜悪な品がでまわり、そのたびにデザイナーという職種は急ピッチで増員された。いたちごっこのはじまりであった。時代がくだるにしたがって、ますます職能は専門化され矮小化《わいしょうか》されていく。ある商品が美しくあることと、よく売れるということを、かぎりなく近づけるという矛盾した行為をくりかえすうちに、デザインという職域はずいぶん小さなものに変わってしまったのだ。そしてあるとき、このようなデザイナーたちの宿命にあらがうために、デザインという概念をもっと大きく広げて、世界を記述できる総合性を手にいれようとする運動が花咲いた。

そのさきがけはもちろん十九世紀後半のウィリアム・モリスによるアーツ・アンド・クラフツ運動であるが、もはや「歴史はくりかえす。三度めは悲劇なのか喜劇なのかもわからなくなって」といったかんじで、デザインの復興運動は世界中で何度もなんども反復されてきた。半世紀後のわが国でも、われらは商業主義の尖兵《せんぺい》じゃないんだ、という百度めの叫びがこだまし、それはモリスやバウハウスの教えもとびこえ特殊な思想体系をつくるにいたった、というわけだろう。根づいたのかどうかは、わからない。ともあれ、これらは榮久庵も参加したメタボリズム運動の建築家たちの本にも共通する、ある種の万能感をともなうものであった。

さて、私は雑貨世界について考えなくちゃならない。もちろん『道具考』では雑貨についてふれられていない。刊行の三年前の一九六六年、銀座にソニービルとともに「ソニープラザ」が誕生し、雑貨のパンドラの箱は開けられつつあった。英字がでかでかと書かれたカラフルな洗剤や、銀色の無骨なトースターが日本の若者たちの目を釘づけにした。だけど榮久庵の耳にはまだ入ってなかった。道具世界の内部でも、このころから雑貨化の侵食が進んでいたはずだが、榮久庵は白物《しろもの》家電や車が際限なく増殖することに警鐘を鳴らしつつも、家庭の労働から解放してくれるありがたさを説いている。「物不足」と「物あまり」の感覚が、まだ拮抗している時代だったのだ。

白物家電の進化は、社会学において「消費社会」と呼ぶ八〇年代で、ひとつのピークをむかえる。家電が各家庭にいきわたり、どのメーカーの品質もほぼおなじところで高止まりするようになった時代だ。もはや消費者は、その機械がどういう原理で動いているのか複雑でわからないし、わかろうともしない。するとエンジニアの職能は闇にもぐり、表層をいろどるデザイナーの仕事が全面にせりだしてくる。ひとびとは新奇なデザインや広告によって提示されたイメージと文脈、そしてなにより見ためで物を選ぶようになる。これが雑貨化の発端であった。八〇年代をつうじ、雑貨感覚はそれゆけどんどんと道具に感染していった。なるべく原始的な物、こまごまとした物からねらいをさだめて。八〇年代も後半になると、多くのメーカーが「ファブレス」つまり「工場なし」の企業形態を模索しはじめる。設計とデザインと営業にだけ特化し、肝心な製造は他社にまかせるようになったのだ。最初はアップルをはじめコンピュータ産業で広がり、追従するように雑貨や食品の業界でもOEM供給に頼るようになっていく。このファブレス化が、のちの雑貨の爆発的な拡大を支えたのだった。その先に、もちろん国際的な分業体制、つまりグローバル経済を準備するわけだが。

そうこうして、物と情報でぎっちぎちに充塡された社会が到来する。インターネットによって、すべてが過剰に流動化すると、おびただしい数の選択肢からいろんな物が手に入るようになる。戦後にくらべたら夢のような暮らしである一方で、市場は人間が処理できる物や情報の量をとっくに超えてしまった。ひとびとはたくさんの選択肢のまえでとまどいながらも、消費を加速させていく。そして、ひとつの物にたいする興味のスパンもどんどん短くなる。大げさにいえば、キャパを超えて身動きがとれなくなった消費者において、なにかの関心を失うことと、新たになにかを手にいれることのちがいがなくなっていく。そんな、物が拡大しているのか縮小しているのかすらわからなくなった場所で、「道具のしつけ」なんて説教にだれが耳を貸すだろう。

二〇一五年、榮久庵はこの世を去った。今生《こんじょう》の私なんぞに『道具考』の衣鉢《いはつ》を継げるわけはなく、末法の店は罰が当たってつぶれるか、考えごとをしているあいだに在庫の山がきずかれ自然とつぶれるかのどっちかだろう。どっちみち諸行無常。それでも、毎日レジで電卓を叩いて、雑貨を包みながら思う。店内を見渡せば、そこかしこに道具はたくさんある。だけどそれは雑貨の病におかされた道具である。『道具考』が書かれた半世紀後、道具の半分は道具の顔をしながらも、中身は雑貨によってすっかり換骨奪胎《かんこつだったい》されてしまった世界にいることを、だれも気にしないのだろうか。その他の物だった雑貨が、物の世界の大きなパイを占め、道具がその他の側になりつつあるということを。

では榮久庵がめざしたような全体性を、欲にまみれた雑貨の世界でえがくことなんてできるのだろうか。そもそも雑貨は、道具における「機能性」のようなしっかりした尺度をもっていない。なので優劣を測ることがむずかしいがゆえに、雑貨の世界は相対化が進み、雑貨じたいを語る前提が蒸発してしまっている。よってすぐさま「雑貨なんてなんだっていいじゃん、みんなそれぞれで」って冷笑されておしまいだろう。雑貨をしつける、なんてことはナンセンスなギャグでしかない。

世のなかに雑貨店主のおすすめ雑貨の本は腐るほどあるが、メタ雑貨論を語らんとする者を寡聞《かぶん》にして知らないのは、みんなじぶんの信じる雑貨を売るので必死だから、ってわけじゃない。むしろ私をふくむだれもが、雑貨なんぞを信じきることはできず、その総体を語る意味を見いだせないからなのだ。雑貨化とは、道具をはじめとしたあらゆる物の「相対化」の別名でもある。

雑貨考。それは榮久庵が生涯忘れることはなかったであろう、あの真夏の爆心地から遠くはなれた場所にあって、そしていまも捨ておかれたまま、幽霊のように宙に浮かんでいる。

路傍の神

二〇一六年の二月から六月まで、東京ミッドタウンにあるトゥーワン・トゥーワン・デザインサイトにて「雑貨展」が開催された。ディレクターは日本を代表するプロダクトデザイナーの深澤直人《ふかさわなおと》。デザイン家電の「プラスマイナスゼロ」や無印良品の商品デザインを手がけ、多摩美術大学教授、日本民藝館の館長などもつとめている。その名のとおり「雑貨」をあつめた展示だけど、雑貨を「時代の節目節目に外来の多様な生活文化や新しい習慣を柔軟に受け入れ、暮らしの中に様々なモノを取り込んできた日本人の生活史を象徴する存在」としてとらえなおしてみよう、という試みになっている。

まず入口にどーんと「松野屋行商」という作品名の、荒物を満載したでっかい荷車が鎮座している。これは明治時代の写真をもとに行商人たちの移動店舗を再現したものであり、第二次世界大戦が終結した年に創業した松野屋が、じっさい荷車で商いしてたわけじゃない。あくまでイメージで、古くは江戸時代ごろまで雑貨の歴史をさかのぼることができますよ、というプレゼンだ。雑貨屋のルーツを、竹籠《たけかご》や箒《ほうき》など生活に必要なちょっとした道具をあつめた荒物屋や、それらを荷車につんで売り歩いていた商人たちにもとめる仮説は根づよくある。

さてつぎの部屋では、そんな荒物たちがどうやって業務用品、家具、衣服、食品など、あらゆる物を雑貨としてとりこみ、ライフスタイルショップをはじめとした現在の貪欲な雑貨ブームへとつながっていくのかがパネル展示されている。なかでも「舶来品」「バウハウス」「北欧デザイン」「民藝運動」「クラフトデザイン」「民藝ブーム」「プラスチック」「工業デザイン」「デザイナー」「パッケージ」「大量生産」「消費社会」「雑誌・カタログ」「雑貨店」「古いもの」といった十五のキーワードで、雑貨の流れをすっきり整理したコーナーはすばらしかった。この雑貨の成分表さえあれば、個々の雑貨店がどういう栄養分でできているのか手軽に調べることができる。じつにつかい勝手のいい分類法だと思う。

いうまでもなく、大文字の雑貨史などというものは学術的に存在しない。もちろん歴史論争もない。とはいえ、狭義のおしゃれな雑貨の歴史であれば、「マガジンハウス史観」ともいうべき同社の雑誌と雑貨による共闘の歴史を、ほぼそのまま正史として採用しても、それほど現実と齟齬《そご》はないはずである。『アンアン』『ポパイ』『クロワッサン』『ブルータス』『オリーブ』『リラックス』『クウネル』、そしてふたたび『ポパイ』……じゅんぐりに読んでいけば、ほとんどの雑貨の流れがそこに書きこまれている。いや、というよりも少なくとも九〇年代ごろまでは、マガジンハウスという小さな出版社がいかにその流れに尽力し、さまざまな支流を率先してつくりあげてきたかを知ることになるだろう。書籍界の雑貨たる雑誌が、まだマスメディアであったころの話である。

最後の部屋では、第一線で活躍する二十組ちかいライフスタイルショップのオーナーやスタイリストたちが、雑貨を選びぬき、擬似店舗のようなディスプレイを披露していた。私はそれぞれの展示デザインの斬新さに心踊らせ、めくるめく雑貨曼荼羅《まんだら》をきゃっきゃいいながら楽しんだ。と同時に、いまいるこの美しい空間が、広大な雑貨世界のほんの一部にすぎないこともいやおうなく考えさせられた。デザイン性や洗練とはほど遠い百円ショップ、ホームセンター、ショッピングモールといった場所で、あるいは貪欲な雑貨メーカーや流行と目配せだけしているようなファッションの世界で、今日も顔の見えない雑貨が領土拡大をつづけているはずだった。なんの倫理もなく、すべての欲望を短絡的にかたちにしていく雑貨の本性は、会場からきれいにふきとられていた。もしも、当初参加が予定されていた文化屋雑貨店がいたらどうなっていただろう、などと想像しながら会場をあとにした。

雑貨はどこからやってきたのか。帰り道、そんなもやもやした気分を抱えたまま、あるひなびた店にたちよった。そこは、古い商店街を歩くとかならず路傍《ろぼう》の神のごとくたたずんでいる、荒物屋や金物屋のたぐいであった。「ブリコラージュ・アキヤマ」という看板の「ブリコラージュ」はしらっちゃけた芥子《からし》色に、「アキヤマ」は色がとんで日焼けの跡のように浮きでていた。外には消費税が三パーセントのままになっているアルミのやかん、煤《すす》けたデッドストックのノリタケやタッパーウェア、何度も溶けて粘度のあるひと固まりの物質となったビニールテープなどが無造作に積まれていた。なぜ荒物屋の老人たちは店をやめないのだろう。もはや、やるやらないという次元ではないのだろうか。彼らは物を売り買いすること自体を、すでに超克してしまったのかもしれない。私は暗がりの先へ、勇気をだして入っていった。

時が止まり、ほこりがつもった店のなかで私は、道具が雑貨に変容してしまうことに戸惑うすがた、あるいは雑貨がまだ道具だったころの記憶の残滓《ざんし》をかいまみることとなった。それらはおそらく、まばゆい戸外にもちだした刹那《せつな》、貪欲な雑貨感覚にさらされ、ただのレトロ雑貨として消費されてしまうだろう。それくらい儚いなにかが宿っていた。もうあと数十年すれば、年老いた路傍の神々はこの世から消えてしまうはずだ。荒物から雑貨までの、ずいぶん長い進化の道のりを横目に、店の椅子に座りつづけてきた老人は、私がいることに気づいていなかった。ただずっと、音のないテレビの光を見ていた。

千のキッチュ

何年かまえ、ある雑誌に「社会と同じように、お店に聖も俗も上流も下流も、なるべく多様な物がいがみあいながらもあって、崩壊するまぎわで同居している、ユートピア」なんて、ノージックまがいの店の理想を臆面もなく寄稿したことがあった。最近はあまりつかわれなくなったけど、かつての世間なら、こういう心性を「キッチュ」といって揶揄《やゆ》したかもしれない。ドイツ語で俗悪なもの。にせもの。高尚ぶった、まがいもの。芸術が矮小化されたもの。それはまさに雑貨のためにあるような言葉で、もし雑貨屋の店主自身がキッチュだったとしてもおどろくにあたらないわけだが。日本でキッチュな雑貨店といえば、原宿にあった伝説の雑貨屋「文化屋雑貨店」をおいてほかにない。その一時代をきずいた影響力は、はかりしれないものがあった。若き日の小泉今日子やデビューまえの野宮真貴といった芸能人。「フォブコープ」の益永みつ枝や「ディー・アンド・デパートメント」のナガオカケンメイなど、その後の雑貨界を牽引していったひとたち。かつての『オリーブ』や『アンアン』、そしてリニューアル後の『クウネル』をてがけふたたび注目を浴びる伝説の編集者、淀川美代子をはじめ、あらゆる雑誌メディアの関係者たち。そのなかでも一番影響を受けたのは、雑誌と雑貨をつなぐ、数えきれないほどのスタイリストたちだろう。

文化屋雑貨店は一九七四年三月、渋谷のファイヤー通りに、もともとデザイナーだった長谷川義太郎《よしたろう》が開店した。七四年といえばまだサイゴンも陥落しておらず、ベトナム戦争の泥沼化もピークに達しようとしていたころである。バブル絶頂の八九年には、地上げ地獄の果てに大金をつかみ原宿に移転。その後のバブル崩壊も、失われた二十年も、のらりくらりと走りぬけて、二〇一五年の頭にすっと店をとじた。閉店の少しまえ、その名も『キッチュなモノからすてがたきモノまで　文化屋雑貨店』（文化出版局）という、長谷川が長いながい戦いを呑気《のんき》にふりかえった口述筆記の本がでている。ポール・スミスとのコラボ雑貨の紹介や、ドン小西との対談なんかも載っていておもしろい。ともあれトータル四十年間、七〇年代から一〇年代までの五つのディケイドをまたぎ「チープでキッチュ」としかいいようのない、独特な雑貨を世に送りだしつづけた偉業は雑貨界の奇跡であろう。

文化屋雑貨店のラインナップは、主にアジアから買いつけた物と、オリジナルで製造した物からなる。どれもひとを食ったような雑貨ばかりなのだが、なかでも崇高なイコンをマグカップ、灰皿、ノート、ペン、ポーチ、クッションカバー、時計、アクセサリーなどさまざまな物にコラージュしたシリーズがよく知られている。イコンで多いのは、やはりキリストとマリア。あとは毛沢東にガンジー。スターリンは見たことないけど、ヒンドゥーの神々やブッダなんかはいた気がする。

開店まもないころ、店をおとずれた客は山積みされたプラスチックの三位一体像や聖女の灰皿を眺めて、どんなふうに思ったろう。笑いながらも、その聖俗の落差のなかで、ほんのりと倒錯した気分を味わったんじゃないだろうか。のちにキッチュと呼ばれる新鮮な感覚をふくんだ雑貨の登場は、マガジンハウス系の雑誌を中心に何度もなんども紹介された。

このキッチュな快楽のしくみは、資本が無慈悲にくりかえす聖俗の上下運動のなかにある。雑貨にかぎらず、商いとは古今東西、水力発電とおなじで落差こそが利益を生んできた。技術の、知識の、豊かさの、文化の、情報の落差。商品は高いところから低いところへと流れ、お金は低いほうから高いほうへと吸いあげられる。利潤は、ひとびとがその落下が生みだす驚きに慣れてしまう日までつづく。

時代が進み豊かになってくると、選択肢がふえ落差は失われていく。小さな差異のバリエーションのなかで、ちょっとやそっとじゃびっくりしなくなってきた消費者にむけて、広告合戦がはじまる。するとどんな分野においても、大量消費をめざす下位文化から、上位文化のイメージを盗もうとする動きがでてくるのだ。そして神聖なもの、上流社会の暮らし、象牙の塔にあるアカデミックな学問、純粋美術、畏怖の対象などが、サブカルチャーや消費文化に雰囲気だけとりこまれ、安価な物へと落としこまれたとき、キッチュが生まれる。文化屋雑貨店の雑貨はあくまで、あらゆるキッチュな物のひとつの戯画にすぎない。

資本はさかりのついた猿のように、まだだれも登頂していない聖なる山を見つけてはよじ登り、バンジージャンプをしてみせる。キッチュな物をまき散らしながら。そしていずれ飽きられ、つぎの山をさがしにいく。インターネットはその入植に拍車をかけ、登りつくされた山々から早晩、神秘を消し去ってしまう。それがまさに、キッチュの魔法がなくなってしまった雑貨界の現状でもある。

文化屋雑貨店ができた七〇年代の前半といえば、アメリカでカルトブームが再燃し、ニューカルトとして世界中に楽しくも危険なミームがばらまかれた時代でもある。ありとあらゆるスピリチュアリズム。どれも、ほんのちょっぴり科学的であることがポイントだった。UFO、新興宗教、LSD、インドブーム、自己啓発、瞑想、ヨーガ、セラピー、ヒーリング、ダイエット、リラクゼーション。やっぱいカルトから、いまならファッション雑誌で特集しててもおかしくないようなものまで。七一年には、狂気のミュージカル『ジーザス・クライスト・スーパースター』が大ヒット。ロックでミュージカルって時点でどうかしてると思うけど、神様をロック調で歌うなんて、とってもキッチュだ。

六〇年代に若者たちが帰るべき伝統を木っ端みじんにつぶしてしまったせいで、七〇年代に入ってからの社会は不安を吸収するバッファを失っていった。だから手当たり次第、まともなものからへんなものまで、あれこれ信じはじめたものの、信じている本人もどこまでがガチでどこまでがネタなのか不明瞭になりつつあった。結果、信じるものすらも失いつつあった。そんな遠いアメリカの不穏な騒乱は、おそらく文化屋雑貨店のラインナップにもうっすらと影を落としていたにちがいない。

ついでに補足すれば、キッチュ感覚の萌芽は、ひとまず六〇年代のポップアートにまでさかのぼることができる。一介のイラストレーターだったアンディ・ウォーホルが、ポップアートをひっさげて挑んだ先には、もちろん階層化されたハイアートの帝国が歴然とそびえていた。六二年、ロスの画廊でどこにでもある缶詰やドル紙幣やシャネルのナンバーファイブなどを刷った絵画が展示されると、またたく間にギャラリーの顧客を得体のしれない背徳的な魅力でひきつけた。そうやって売買が成立し、作品がまがりなりにも芸術として認められたとき、これは複製可能な版画の一枚一枚に、芸術性と世俗性の短絡というキッチュな回路が渡された瞬間でもあった。

ここからさらに美術評論家、クレメント・グリーンバーグが抽象表現主義を称揚した三〇年代の論文「アヴァンギャルドとキッチュ」にまでさかのぼれば、キッチュの起源にたどりついたことになるだろう。そこではじめて、キッチュという言葉が美術評論に埋めこまれたのだ。こんな感じ。

「人類の教養ある人々の間では何がよい芸術で何が悪い芸術かということに関して時代を超えて、多少なりともある全体的な意見の一致が確かにあったように思われる。（略）この一致はただ芸術の中だけにある価値と他の分野の中にある価値の間に線を引いたかなり不変の区別に基づいていると思う。キッチュは、科学と産業に頼る合理化された技術によって、この区別を実際上消し去ってしまった」

（『グリーンバーグ批評選集』藤枝晃雄編訳、勁草書房）

まさにポップアートの誕生をふくめ、美術のゆくすえを予見した論考である。ただ強調しておきたい点は、グリーンバーグが執筆した戦前には二項対立、つまり純粋芸術とキッチュ、崇高な芸術家と馬鹿な大衆、前衛と後衛といったわかりやすい対照物が、まだまだしっかりと機能していたということだ。そんな単純な図式をすべてかき消してしまうくらいの、巨大な消費社会の津波がアート界に到達するのは、もうちょっと先であった。ちなみに同論文が世にでた翌年にベンヤミンはナチスに追われ死に、その四年まえに『複製技術時代の芸術』が発表されている。

じゃあ、今日のファインアートの世界はどうだろう。短いその歴史はきれいに整備され、現代美術作家をめざす世界中のひとびとが、正史を参照しながら、かつアヴァンギャルドであることを義務づけられた一種のゲームに興じているようにも見える。それはまるでアヴァンギャルドのキッチュ化とでもいうべき状況だ。みなが前衛であるならば、後衛もないはずだ。

最近では、アートは地域づくりや文化政策にもひっぱりだこで、美術村はますます巨大化している。だからグリーンバーグのいう「芸術の中だけにある価値」がどこにあるのか、芸術のよいわるいの裁断がどこでおこなわれているのかを、もはやだれも一望できない。資本で満たされ、規律を失った雑貨の世界はとっくのむかしにそうなっているのだが、いずれぜんぶいっしょくたになる日がくるかもしれない。

ともかく文化屋雑貨店のキッチュな雑貨は爆発的な人気を博した。それは足しげくかよったあまたのスタイリストたちをつうじて、雑誌メディアにのっかり喧伝《けんでん》されつづけた。ヴィレッジヴァンガードや宇宙百貨といった後続の雑貨屋もつぎつぎと誕生し、市場にキッチュな雑貨がなだれこんでいく。ちなみに、文化屋雑貨店とよくならんで紹介される中国雑貨の「大中《だいちゅう》」は、じつは二年はやく大阪の京橋で誕生している。

でも長谷川義太郎もいうように「我々の雑貨の概念を後からまねしただけですよ」といった感じで、おなじアジア系の雑貨でもキッチュであることの洗練度がぜんぜんちがった。

文化屋雑貨店は、企業体としての利潤追求や多店舗化をよしとしなかった。最後まで、長谷川義太郎という個人が勝手気ままにやったるぞーという、自営業者としての矜持があった。

さて創業から四十年。毛沢東の腕時計や磔刑《たっけい》の貯金箱に倒錯を感じるひとは……あんまりいない。世に増殖したキッチュの海のなかで、消費者はちょっとやそっとじゃ興奮しない体になってしまった。プロダクトとしてすごくよくデザインされているので、いまでもおおいに通用するだろうが、あのころのようにキッチュな悦楽が体を通り過ぎることはない。版権が売りわたされノートや付箋にされてしまったウォーホルのモナリザやマリリン・モンローたちとおなじように、キッチュの魔法はとけ、脱け殻のキッチュに変わってしまったのだ。そして、キッチュな物がすがたを消しつつある世界で、伝説の雑貨屋も静かに幕をとじた。

千のクンデラ

「人間存在の両極が触れ合うほどに近づき、それゆえ高尚なものと低いもの、天使とハエ、神と糞の差がなくなるという光景に耐えられなくなったとき、電流の流れている鉄線に身を投げるために走っていった、スターリンの息子を思いおこさせる」
（ミラン・クンデラ『存在の耐えられない軽さ』千野栄一訳、集英社）

文学でキッチュといえばチェコ生まれの小説家、ミラン・クンデラが一九八四年に発表した代表作『存在の耐えられない軽さ』をさけて通れない。っていうのはいいすぎで、私が好きなだけだけど、キッチュについてこれほどしつこく論じた小説もないのではないか。そのほとんどは第Ⅵ部の「大行進」でのみ展開されているが、読んでみたらわかるように、一般的に考えられているキッチュとはちがう。場合によっては真逆の意味で定義づけられていたりする。だから話がちょっとややこしいんだけど、クンデラが考えぬいたキッチュという概念は、月日をへて私たちがたどりついた雑貨界の地平を深く考えさせてくれる。

駆け足で作品の背景を説明すると、クンデラが生まれたとき祖国はチェコスロバキアと呼ばれていた。それまでのオーストリア＝ハンガリー帝国の支配に反発するかたちで生まれたナショナリズム運動により、チェコ人とスロバキア人がひとつの国家を形成していたためだ。クンデラが思春期まっただなかだった十九歳のとき、ソ連からの支援を受けたチェコスロバキア共産党による一党独裁制が敷かれ、社会主義共和国となる。しばらくすると、悪夢のようなあのスターリンの粛清の儀が、チェコスロバキアでもそのままそっくり再演されていく。それはある日、隣人が消え、隣人はなんでじぶんが殺されるのかわからないまま、銃口の先に立っているような世界である。

五六年にフルシチョフによるスターリン批判というのがあった。中央集権国家における自浄作用の一種なのだが、批判の波はじわじわと他の共産圏にも飛び火していって、チェコスロバキアではずいぶん遅れた六八年に改革運動がおきた。いわゆる「プラハの春」というやつだ。だけど喜びはつかの間、ソ連軍の戦車が国境をこえて出動し、文字通り革命はキャタピラーに押しつぶされてしまった。言論統制がしかれ、改革を支持していたクンデラも創作の場を徐々に失っていき、ついにフランスへの亡命を余儀なくされる。

手づるをもとめ死にものぐるいで地盤をきずいたクンデラが、チェコをはなれて九年、プラハにほんとうの春がおとずれてチェコとスロバキアが平和裡に分離する九年まえ、静かな憤怒のなかフランス語で発表された大著が本作である。激動する冷戦下のヨーロッパで、自己の存在をかけて右往左往する男女をスノッブで哲学的な文体でえがく。クンデラは執拗に問う。彼の、彼女の、われわれの生と死は、軽かったのか重かったのか。

で、肝心なキッチュはどうえがかれているのか。クンデラ流の衒学的《げんがく》ともとれる、ややこしいロジックをぜんぶすっとばして結論だけいえば、キッチュとは、なにかを絶対に正しいと信じる心性をさす。「なにか」の部分には神からはじまり、共産主義、ファシズム、民主主義といった政治形態、フェミニズムのような思想、ヨーロッパ、アメリカ、国家、インターナショナルといった想像の共同体……あらゆるものがあてはめられていく。クンデラは、どんな崇高なものであろうと、絶対に正しいと信じこみずからに疑いをもたなくなった時点でキッチュなんだ、と批判していく。あげくのはてには、昔からなんとなく信じて生きてきた大切な記憶や願望、あるいは愛さえも、それらをとりだして切実に信じ一体化しようとした刹那、キッチュなものに変容してしまう、とさえいってしまう。

「その歌が美しい嘘だということはよく知っている。俗悪《キッチュ》なものは嘘と見破られる瞬間に、俗悪《キッチュ》でないもののコンテキストの中へ入りこむ。そうして自己の権力を失い、他の人間の弱さがどれもそうであるように感動的なものとなるのである。われわれのうちの誰もが、俗悪《キッチュ》なものから安全に逃れられる超人ではない。たとえわれわれができる限り軽蔑しようとも、俗悪《キッチュ》なものは人間の性《さが》に属するものなのである」

ここから浮かびあがってくるのは、おおよその人間はなにかを信じることなしに生きられない、という単純明快な事実と、そうであるならば、人は生きているかぎりキッチュであることから逃れられない、ということである。

では冒頭の引用にもどろう。第二次大戦中にドイツの収容所にぶちこまれた、神の子どもとしてのスターリンの息子、ヤコブ。彼はじぶんの糞を処理せず、部屋を汚れたままにした。私のような常人にはなんで掃除しないのかよくわからない。くさいだろうに。でも彼は神の子なのだ。「糞が否定され、すべての人が糞など存在しないかのように振る舞っている」キッチュな世界で生きてきたのだ。もちろん同室にぶちこまれてたイギリス人の捕虜たちと大げんかになる。ぶち切れたヤコブはキャンプの司令官に聴聞会をもとめ紛争の裁定を願うも、ドイツ人は捕虜の糞問題について語ることを拒否する。彼は天に向かってなにかを叫んだあと、電流の流れる有刺鉄線にダイブして死んだ。彼はキッチュであることを選んだ。なぜなら「拒絶と特権が同じもので、高貴と低級さの間に差異がなく、神の子が糞のために裁かれることもありうるのであれば、人間の存在はその大きさを失い、耐えがたく軽いものとなる」からだ。

クンデラにしたがうならば、存在の重さとはキッチュのなかに宿る。あるいはキッチュな理想と一体化しようとして、そこからころげ落ちては、また信じるなにかを探しもとめ右往左往する人生のなかに存在の重さは生じる。本書の終盤、軽さと重さは、高さと低さへと変奏される。恋も嫉妬も忘れ女遊びという軽さのなかで生きた主人公のトマーシュも、最後は重く低い場所にたどりついてしまった。静かな田舎町のホテルで、トマーシュは愛するテレザと戦前の古い流行歌にあわせダンスをしながら、こう告げられる。「あなたはこんなところまで来てしまったの。こんな低いところに、これ以上行けない低いところに」。

クンデラは祖国から遠くはなれた部屋で、みずからをふくむ人間の、俗悪で矛盾に満ちた生のすべてを、じっと考えていたのではないだろうか。


いま私たちの生活にキッチュは存在するだろうか。前述したように、文化屋雑貨店に山積みされたキッチュな雑貨は、四十年後には脱け殻のキッチュになってしまった。暮らしをおおう市場のなかで聖俗の落差はほとんどなくなり、聖なるものも俗悪なものもどこかに姿をくらましていった。クンデラの定義にしたがうなら、市場とはまるで、ヤコブがいた高貴と低級さに差異がない収容所に似ている。

そんな資本の大河のなかで、ひとびとがほしがる物は時々刻々とうつろっていく。オーガニック、暮らしの定番、ジャパンメイド、ロングライフデザイン、エコロジー……。最新の物を手にいれつづける消費から、消費をひかえようとする消費まで、この十年間でいろんな雑貨のトレンドがいれかわりたちかわり開発されてきた。好きになった雑貨も、それにくっついてくる物語や価値観も、信じきることなく流され、すぐに目移りするか飽きてしまう。でもクンデラふうにいえば、存在が重みを失って軽さをおぼえるまえに、私たちはまたべつのなにかを信じ、新しい雑貨を好きになって市場にもどってくる。信じては飽き、飽きては信じる、このくりかえしのなかでいずれ、つねに半分飽きて、つねに半分信じてるような浮遊した感覚になる。これこそが市場におけるわれわれの、あるいは雑貨という存在の重さであり軽さではないだろうか。

とまれクンデラがキッチュとキッチュじゃないものを、重さと軽さを、文学的な二項対立として発見し、そのあいだでゆれる心を物語に織りあげた世界は、終わりつつあるのかもしれない。クンデラは半世紀前の動乱の時代を舞台に、彼の、彼女の、われわれの生と死は、重かったのか軽かったのかを問うた。

いま、その問いにこう答えねばなるまい。「もう重くも軽くも、ない」と。

十一月の谷

雑貨好きが愛する三大作家といえば、サン＝テグジュペリ、宮沢賢治、トーベ・ヤンソンあたりではなかろうか。それらのライセンスは細かく売りさばかれ、いろんな雑貨になっている。さらに、みんな彼らのファンだと口々にいうものの、そのじつ小説をどれくらいのひとが読んだことがあるのかわからない、というあたりもふくめて、とても雑貨的な存在だといえる。

さすがに『星の王子さま』のグッズが好きと公言して『星の王子さま』を読んでいないひとはいないが、王子さまが自死したかもしれない可能性については高い確率で忘れている。以前、友人がフランスから輸入してくれた、一本の木が倒れるように王子さまが砂漠に崩れ落ちていくシーンのリトグラフを、店で売っていたことがあった。興味をもったお客に「これは、なんにもいうことはない、っていいのこしたあと、はなれたところで毒ヘビにかんでもらって死ぬ、あのシーンですよ。星に帰るために」と説明すると、数人にひとりは「そんな話でしたっけ?」って顔になるのだった。そのときから、キャラクター雑貨にはなにか死を忌避する本性があるのかもしれないと思うようになった。

先日、友人と神保町《じんぼうちょう》を歩いていたら、とある書店のまえに『星の王子さま』のガチャガチャがあった。「リトルプリンス　星の王子さまと私」とある。「と私」ってなに? 離人症みたいな紙人形の王子さまがいて、となりにへしゃげた顔の、尻尾が馬鹿に大きいキツネがいた。もちろん、その横には「大切なことは、目に見えないんだ」ってでかでかと書いてあって、カプセルにはパスケースやペンケースなどが丸まって入っているらしかった。ちなみにべつの友人いわく『星の王子さま』のパーキングエリアもあるという噂だ。ぜったいどっかに「大切なことは、目に見えないんだ」って書いてるんだろうな。食堂とか駐車場とかトイレとかに。

かくいう私も『星の王子さま』が大好きだ。これといった苦悩がないことで逆に、漫然とつらい夜をすごしていた思春期になんど服用したか。しかし、私の悩みなどアントワーヌ・ド・サン゠テグジュペリの壮絶な人生のまえでは鼻くそみたいなものであることを知ったのは、『人間の土地』を読んでからである。それは『星の王子さま』だけをどんだけ読みかえしていてもわからない。

ご存じのようにサン＝テグジュペリは作家であると同時に飛行機乗りであった。命を落とすかもしれない恐怖のなかで言葉を編み、その恐怖のなかで生を謳歌した男である。第二次大戦にも二度出征している。一度めはフランス軍として、二度めはフランスがナチスの占領下におかれた直後にニューヨークに亡命し、自由フランス軍として。そして最後は、彼の偵察機ともども南仏の海のもくずと消えた。

『夜間飛行』（新潮文庫）に収録されているデビュー作「南方郵便機」は、大陸を股にかけた船乗りみたいに、嵐で死ぬから行かないでーとすがりつく女性を捨てて、アフリカからフランスへの迅速な郵便航路の確保という、個人をこえた人類の目標のために、荒れ狂う空へと飛び立っていくパイロットたちの物語だ。文学を、死んで帰ってこない男と、生きて帰ってきた男のあいだに横たわる、ものいわぬ闇が支えている。これが『人間の土地』や『戦う操縦士』になると、もはや実存主義的な人生哲学のトーンをおびてくる。サン＝テグジュペリの、ある意味でヘミングウェイよりも高邁《こうまい》でマッチョな世界は、命という掛け金のない生に意味はあるのか、ということを執拗にえがいている。逃げまどう私の人生からは、もっとも遠い世界であり、むろん雑貨とも無関係である。

砂粒のうえで声ひとつたてず倒れ星に帰る『星の王子さま』と、幻想的な死後の世界をめぐる賢治の『銀河鉄道の夜』は読者の童心のなかで呼応し、『夜間飛行』とカルボナード火山の噴火に命を捧げた『グスコーブドリの伝記』は、実存のレベルにおいてつながっている。サン゠テグジュペリと賢治自身も、ともに短い生涯のなかで、戦火にてらされながら言葉をつむいだ同時代人として遠く応答しあっているかもしれない。でも雑貨とは断じて関係ない。

なぜなら『星の王子さま』グッズにおいて、大切なのは目に見えること、安価であること、だれでもすぐに所有できることだからだ。いくらメーカーが「大切なことは、目に見えないんだ」と添え書きしようとも、そんなもんはうそっぱちである。雑貨は物語がもっていた陰影も、自身の創造主たるサン゠テグジュペリの死すらも気づいていない。もちろん手にいれたあとの雑貨を、ひとは自由に愛していくことができる。極論すれば、人はなにとだって心をかよわすことができるのだから。

では、トーベ・ヤンソンはどうだろう。ためしにアマゾンの検索バーに「ムーミン」といれてみると、もはや物語は忘れられ雑貨のキャラクターとしてしか認識されなくなっていることがわかる。彼らはもともと、戦中に執筆された不穏な童話にひょっこり顔をだし、その後、四半世紀にわたって書きつらねられたムーミン・サーガのなかで、言葉とともに生きてきたはずなのに。それは九冊の文庫本として残されているが、ムーミン雑貨を愛することと小説全巻を通読することは、あまり関係ないのかもしれない。

登場人物たちは大なり小なりみんな神経症的な性格があたえられている。なかには狂人みたいなやつも登場する。物を投げたり壊したりはあたりまえ、心を病んだ世捨てびと、危険思想ぎりぎりのアナーキスト、徘徊《はいかい》老人、死体を見てげらげら大笑いした輩《やから》までいる。そんな群像劇でただひとつの結節点がムーミン一家であるが、その共同体をささえつづけてきたムーミンママも、最後から二番目の小説『ムーミンパパ海へいく』のなかで、パパのみえない圧政に苦しみ精神に支障をきたしはじめる。パパ谷を捨て航海にでたムーミンたちは、とある無人島の灯台で暮らすことになる。パパはなにかにとりつかれたようにヒステリックな別人格となり、息子はあるとき性に目覚め塔をでていく。孤島の寂しさのなかでママは、遠くはなれた故郷の絵を描きはじめ、トーベはそこに自己治癒としての芸術の役割をやんわりと暗示する。おどろくべきことに最後は、はやく谷にもどりたいと願っていたはずのムーミンたちが、どこにいたってもおなじじゃないか、という境地に達して幕をとじる。

つづく、私がもっとも好きな最終巻『ムーミン谷の十一月』にいたっては、ムーミンたちはいっさいでてこない。まるで喪に服したような空気に谷は満たされている。美しい秋の深まりのなかで、一家が不在であるがゆえにすがたを見せた、ひととひとをつなぐ霞のような紐帯《ちゅうたい》の存在をトーベはとらえている。だがけっきょく、奇人たちは少しだけ心をかよわせたあと、すれちがい、またばらばらになっていく。やがて谷は冬をむかえ、物語は終わる。

マイノリティに生まれついてしまった者たちは、世の大半の無理解なひとびとから追われ、やっと居場所を見つけたとしてもマイノリティ同士のいさかいがまっている。『ムーミン谷の十一月』においてトーベは、それでもなお孤独を尊重し、個と個がつかずはなれず存在しているような、偏向したユートピアをしめした。もはやコミュニティですらないなにかである。もちろん、そんな社会は小説の外にはない。もし存在したとしても、幼いころの記憶のなかや、ある限られた時間のなかでだけ垣間見える幻のたぐいであろう。

長く店をつづけていると、店を介してだれかとだれかが仲よくなったり疎遠になったり、いやがおうでもコミュニティらしきものが生まれてくる。しかし雑貨をただ売り買いするかぎりにおいて、それはけっして公明正大な多様さにひらかれることはない。極端にいえば、店にならべる物を選ぶという行為は、つぎつぎとなにかを、だれかを、排除していく営みでもある。ある物を置けば、ある物が置けなくなる。ある文脈に属すると、ある文脈からはじかれる。そして、あるひとはきて、あるひとはこなくなる。見えないドレスコードのようなものがあるのかもしれないが、なぜそうなるのか、みなわからないまま彷徨している。だからといって、文脈をまたぎつづけるような雑貨屋をめざしたところで、よほどの才能がないかぎり長つづきすることもない。物語のない小説のように、あるいは生活必需品のないコンビニのように、だれの欲望も刺激しない商売となって終わるだけである。そういう店をいっぱい見てきた。

しかし、このようなしがない商売の袋小路を横目に、ビッグデータにアクセスできるような巨大なショッピングサイトは、ゆうゆうとあらゆる文脈をこえて雑貨をならべてみせる。一介の自営業者は、その人智をこえたシステムがえがきだす多様性を、ただ指をくわえて見あげるしかないのだ。ならば個人店が生き残るすべは、多様性にひらかれる道義などはやく捨てて、いますぐにでも自閉しなくてはならない……。

ある時期の私は、そんなことをもんもんと考えた。月日がたち収入が安定していくのと反比例するように、店の門戸と価値観が日に日にせばまっていくことを恐れ、と同時に、生き残るには扉を閉じなくてはならないことを学んでいった。なんであんなに真剣に考えていたのか思い出せないが、店主のコンテクストを理解したお客が増えていくことはひとつの財産であることを理解しながらも、じぶんが気にいった雑貨だけであふれる職場が、鍵のかかった息苦しい部屋のように思えてしかたなかった。

あのころのことをつらつら考えていると、無性に『ムーミン谷の十一月』を読みたくなってくる。季節は秋。みな孤独で、ちょっと寂しい。空気は澄んでいて、奇人たちがやってきては、仲良くもならず去っていく。今夜は八時になったら早々に店をたたんで、近所の喫茶店でゆっくり頁をめくろう。十一月の谷がまだ、雑貨から遠くはなれているといいんだけど。

俗と俗とが出会うところ

その年の東京のクリスマスは、生ぬるい夜風が路地を流れていた。閉店後、お湯があまったポットに水道水をまぜ、ひと月近くつづいたプレゼント包装のせいで痺れをおぼえるようになった右手をひたした。内壁にへばりついた石灰のような白いかたまりを爪でこすりながら、明日から通りは静かになって、あと数日で今年も終わることに少しほっとした。

その夜はだれとも会いたくなかったので、なるべく裏通りを歩いて商店街のはずれまで行き、まえから気になっていた「キャンティ」というイタリア料理店に入った。暗い店内では、六十代くらいの夫婦が黙々と働いていて、入口からいちばん近い大きな机に案内される。どっしりとした木の長椅子に腰かけ、バジリコと魚介のサラダと食後にコーヒーをたのんだ。固い背もたれの後ろが飾り棚になっていて、ワインの瓶やマトリョーシカがならび、その奥の壁に金色の額が立てかけてあった。ヒロ・ヤマガタの絵だった。ぼたん雪が降る都会の片隅で、小人たちがクリスマスを祝っている。十二月になると毎年この絵をひっぱりだしてきて飾っているのだろうが、それにしても額が油とほこりでくもっていて、いったい何度クリスマスをむかえればこうなるのだろうか、と思った。

客は私のほかに女がひとりいて、あとはダウンジャケットを着た屈強な男が、はすむかいの席でワインを飲んでいた。しばらくして女は会計をすませてでていき、暖房の効いた店内でもダウンを脱ごうとしないその男は、壁に貼ってある月の暦をじっとながめていた。彼をどこかで見たことがあった。

はたと、私が街で「ウィレム・デフォー」と呼んでいた男であることに気づく。映画『プラトーン』の最後にエックスのポーズで死んだ、あの男である。わが街のデフォーは長髪を結いあげ、真夏でもダウンジャケットのそでを腕まくりしたまま、武闘家のような機敏な身のこなしで街区の角から角へと移動していた。裏道で一度すれちがったとき、男は天をあおぎながら、腰に手をあてコーラをいっき飲みしているところだった。マンガにでてくるようなポーズにおどろいて見ていると、ガラガラとうがいがはじまり、勢いよくコーラが排水溝に吐きだされた。そしてまたペットボトルをあおった。

さっきからデフォーが、目のまえで月の満ち欠けについて思案しながら、静かにワインを飲んでいるすがたをうまく信じられなかった。別人だろうか？　絵に目を移す。あいかわらず小人たちは雪が舞う都会のかたすみでクリスマスを祝っていた。画面の一番奥から順に、夜空、花火、だれかがうっかり手をはなしてしまった風船、三輪車のようなものがくっついたツェッペリン、高層ビルの群れ。絵のまんなかあたりに巨木が何本か立ちならび、なぜかそこから下の時空がゆがんでいて、早朝のような無色の弱い光に満たされた公園が広がっている。おきまりの風船をもった子どもたち、オープンカーで乗りつけたふとっちょ、花を売る女、ダンスをするカップル、焚火《たきび》を囲む家族。どこまでも書き割りのようなモチーフのレイヤーがつづく。何版あるのかわからないくらい刷り重ねられ、とにかくカラフルなそのシルクスクリーンは、私に年末商戦でとめどなく売れていったさまざまな雑貨を思い出させた。なにかに疑義をていするわけでもない、おびただしい平和な題材の集まり。精神をそっとなで、うれしかったり悲しかったりするひとびとのまわりで、さざ波のようにいきつもどりつするだけの作品。そこには芸術を極限まで矮小化した、雑貨の世界と通底するものがあった。

ヒロ・ヤマガタは、八〇年代をつうじてシルクスクリーンによってきずいた巨万の富とひきかえに、少なくとも日本のファインアートの世界からは永久追放された。おそらく九〇年代のなかごろに、彼はじぶんの人生を生きなおすためにも、札束のようにシルクスクリーンを刷ることからぱたりと身をひいた。

うろおぼえだが、高校のときに読んだ『リラックス』という雑誌で、小山田圭吾がロサンゼルスのマリブビーチのほど近くにあるヤマガタのアトリエを訪ねにいく記事があった。たしかインタビューの冒頭から「ステートメントしないことが、私のステートメントなんだ」といいはなち、複製芸術についやした過去をひとことも語らなかった。かわりにレーザー光やレインボーホログラムをつかった近年の作品を紹介し、NASAとの共同研究や、アメリカの高名な工学系の大学院で宇宙学や物理学を修めた話をした。つくりたいからつくるのであって芸術には興味がない、といったそぶりをしきりにみせた。高校生だった私は、そのレイブパーティーのような光の作品にただよう、一抹のうさんくささに、版画家であった過去と現在をつなぐヒントを探ろうとした。だがやはり、中学校のパズルクラブで半年かけてつくった、あの絵の作者と同一人物とは思えなかった。

ニューヨークを拠点に活動していたリトアニア人の映画監督、ジョナス・メカスに『365デー・プロジェクト』という作品がある。アップルから依頼されて制作されたそれは、主にアイポッドで撮られた日記的な映像で、二〇〇七年一月一日から十二月三十一日まで毎日、十分未満の作品がアップされた。いまもメカスのホームページで見ることができる。

四月十四日、土曜。ニューヨークでおこなわれたヤマガタのインスタレーション会場にメカスはいた。ホログラムでおおわれた真っ暗な回廊で、七色に変化していくはげしい光の明滅が、天井から何千とつるされた四角い鏡のキューブを介してえんえんと乱反射をくりかえしている。人ごみのなかを高齢のメカスはよたよたと歩みながら、人の認知能力をとっくに超えてもなお、反射という物理現象をやめようとしない野蛮な光を、映像にだけはおさめようとカメラを回しつづけている。廊下の途中でヤマガタ本人と出会うのだが、メカスのアイポッドは、攻撃的なまでのストロボが作家の内面をおおいかくし、そこに善良な小人たちの世界をのぞきこむすきが一片もないさまをとらえている。

二月三日、土曜。十五年前にヤマガタの工房を訪れたときに撮ったフィルムがつかわれている。「地上の楽園」と題された、メルセデス・ベンツのクラシックカーに花や蝶の絵をえがくプロジェクトの制作風景だ。この時点で小人のモチーフは遺棄されている。くたびれたデニムの上下を着た中年の男は四月十四日の男とは別人のようで、どことなく藤岡弘を思わせる。ヤマガタは「地上の楽園」を完成させたあと、ハリウッドの見晴らしのいいバーンズドール・アート・パークという公園に建つ美術館で発表したのだが、映像では、そのとき親友のアレン・ギンズバーグがよせたコメントを、メカスの息子が朗読している。……ギンズバーグが親友？

じつはヤマガタは九四年ごろから、ギンズバーグやグレゴリー・コーソといったビートニクの生き証人たちの依頼で『ビートニク』というドキュメンタリー映画を製作している。だが、ふたりが知遇をえたのは、それよりはるかむかしの、ヤマガタが七二年にパリ国立美術学校の奨学生として留学して、しばらくしてからのころらしい。

そのへんの事情は闇につつまれているのだが、ネットをあさっていると、全日空が提供するラジオ番組で、二〇〇一年に放送されたインタビューの記事が残っていた。パーソナリティは葉加瀬《はかせ》太郎。

それによると七八年にアメリカに移住するまでのあいだ、ヤマガタはパリのとある画廊と契約し、絵を描くかたわら間章《あいだあきら》やスティーヴ・レイシーといったフリージャズの音楽家と交遊をもち、そこから派生してギンズバーグをはじめとした詩人たちとも関係をきずいていったようだ。また音楽の興行師としても活動していたらしく、ハン・ベニンク、デレク・ベイリー、アート・アンサンブル・オブ・シカゴのドン・モイエやジョセフ・ジャーマンといった、そうそうたる実験音楽家たちのコンサートを企画したと証言している。

聖者の貧困なバリエーションとちがい、俗物たちのなかにはいろんな俗物がいる。みなそれぞれ異なった陰影を背負っているけれど、ヤマガタの影はいくぶん屈折した闇をたたえているように感じる。彼は商才だけがあって才能にめぐまれなかっただけだ、といわれればそのとおりなのだが、才能があることと俗物であることはまたべつの話であろう。

聖なる夜で感傷的になっていたのか、ふと、さっきまで「物界」の俗物たる雑貨を手がしびれるまで売っていた私が、彼の俗気にみちた人生を認められないのなら、雑貨をあつかう資格などないのかもしれない、と思った。たとえその書き割りのような作品をほとんど理解できないとしても。

気づくと、ウィレム・デフォーがかってに席を立ち、厨房の壁にかけられた色鮮やかな絵皿をながめていた。とつぜん低い声で「これ、マヨルカ陶器なの？」とたずねたが、夫婦はなにも答えなかった。亭主はちょうど私のパスタを炒めているところで、奥さんはうつむいたままグラスを磨いていた。厨房が一望できるカウンターは、客を座らせないようにしているのか、くたびれた雑誌や伝票のファイルが積みあげられており、そのうえに銀のイルカの文鎮《ぶんちん》がのせてあった。

「魚介のサラダです。クリスマスなのでマッシュポテトをサービスしておきますね」と、奥さんのほうが魚のかたちをしたドレッシングの瓶といっしょに青い深鉢を運んでくる。私は手を洗いにトイレにいそいで入り、レンガ模様の壁紙に囲まれながら両手を水にさらした。明日から通りは静かになって、あと数日で今年が終わることに、ふたたびほっとした。席にもどるとデフォーはいなくなっていて、私はもう一度だけ後ろをふりかえり、金の額縁に入った絵を見た。

私はその後なんどかキャンティをおとずれた。そして、一年じゅういつ行ってもヒロ・ヤマガタのクリスマスの絵が飾られていることがわかった。まるで、真夏でもダウンジャケットを脱がないウィレム・デフォーのように。

弦楽四重奏曲第十五番

「ショスタコーヴィチないの?」

「え? ……ないです」

「レコード屋じゃないの?」

「ああ、それ前あった店ですよね。マイティ・レコード。そのあと雑貨屋にかわったんです。だからレコードないっすよ」

「じゃあ、ショスタコーヴィチ知らないの?」

「知らないです」

「ベートーベンの再来なのに」

「よく知らないです」

「マーラーもないの?」

「ないです」

店を開店して一年間くらいはよく、『レコードマップ』を片手に飛びこんできて、しばらくあたりを見まわしながらレコード屋じゃないことに気づいた瞬間、逃げるようにでていく中年の男性客がいっぱいいいた。もちろん彼らは二度とくることはなかったが、八十歳ちかいと思われるショスタコーヴィチ好きの老人はそのあともなんどもやってきた。彼は店から何本か先の路地にあった、煉瓦《れんが》づくりの古いアパートの大家だったのだ。おそろしいほどの丸顔で、くりくりした小さな目をしていて、色白の頭に髪の毛が数本だけ残っていた。だが『風が吹くとき』のジムというじいさんにあまりにも似ているせいなのか、いつも会うと無性に悲しくなった。

ジムは翌日もやってきて、いやーな予感がしたら案の定、ショスタコーヴィチの古びたレコードをかかえていた。バーンスタインだったかカラヤンだったか忘れたけれど、たしか「レニングラード」という交響曲が入ったやつだった。無表情のまま「聴いてみるか?」というので、いま聴いたら、ぜったいこれから毎日レコードをもってくることになるぞと思い「いやプレーヤーこわれてまして……」とうそをつく。ジムはひとしきりＣＤに対する文句をいって、よたよたと残念そうに帰っていった。

ジムは定年まで東京都の職員としてつとめ、戦後の数々の都市計画にたずさわってきたらしいが、あるとき「ぼくはね。たくさんの街をつくってきたけど、でもほんとうはね、画家になりたかったんだよ」と教えてくれた。

「戦争のせいで絵をあきらめなきゃならなかった。ちゃんと美大だってでたんだ。多摩美ってあるだろう。あれだよ。だけど敗戦後は絵なんて描いてるばあいじゃなかった。ぼくは生きるために就職したんだ。あなたみたいに楽して暮らせなかった」

「楽じゃないですよ」

「でもいまね、ふたたび絵を描いてるんだ」

「なに描いてるんですか？」

「都市計画のつづきだよ。ぼくができなかった計画のつづきを描いているんだ。でも普通の絵じゃない。ところであんたはパソコンくわしいかね」

「いや、くわしくないですね」

「ふん。じゃあ、あんたにはわからないかもしれないけど、ぼくはコンピュータグラフィックスというものをやってるんだ。フォトショップという最新のソフトをつかったやつな」

私は神妙な面もちで相づちをうった。

「最新のコンピュータグラフィックスはすごいぞ。もう……なんというか、自由なんだ。なんだってできる」

「すごいですねえ」

「そう。すごい……」といって、宙に人さし指で無限記号のようなものをくりかえし書いた。「ほんとに夢みたいなんだ」。

翌週、予想どおりジムは巨大なキャンバスバッグをたずさえてやってきた。なかから横幅一メートル、縦が六十センチほどの大きな印画紙がでてくる。そして、それはほんとうにすごかった。予想をはるかに超えた、まさしくアウトサイダー・アートであった。ジムのコンピュータグラフィックスは八〇年代ごろの黎明期を思わせるプリミティブな技術だったけど、老人には似つかわしくない、そこはかとないエロと、超然とした狂気に満ちみちた画風は、どことなくダリの絵を思わせた。遠目に見ると、細野晴臣『はらいそ』のコラージュのようなキッチュな雰囲気もある。おそらく自身で描いた絵や撮りためてきた生写真、雑誌や画集などをスキャンし、ただただやりたいように切りぬいて、やりたいように貼りつけた、老いらくの妄想絵巻であった。

ある作品では、ハドソン川から見たニューヨークの夜景写真を加工して、水面がすべてアスファルトの道路になっていた。そして夜空には裸に星条旗だけをまとい、テンガロンハットをかぶったカウガールが浮いていた。セクシーな女はほかにもいたるところにいて、アスファルトのうえには「裸のマハ」のようなポーズで寝そべる肉感的な白人がいた。超高層の摩天楼のうえには、さらに摩天楼がつぎたされ、ありえない高さのスカイスクレイパーが群生している。ちなみに、世界貿易センターのふたつの塔はジムの世界ではまだ存在していた。しかし空には燃えさかる流星が尾をひいており、無数の赤紫に発光した火の粉をまきちらしながら、あと数時間後にはニューヨークに到着し、すべてを破壊しつくすように思えた。そんなディストピアな天空には、クリスチャン・ラッセンの絵のごとく魚が泳いでいた。ただしイルカではなくオイルサーディンの缶詰に描かれている鰯《いわし》だったけれど。

ジムはその後も、つぎつぎと作品をもってやってきた。どれもこれも見果てぬ都市計画の夢をベースに、確固としたエロと狂気の世界がえがかれていた。ところどころに、『ウォーリーをさがせ!』的にジム本人の写真がコラージュされていることを知ったときは、笑いをこらえることができなかった。

ちょうどおなじころ、私の店のうえにあった「トキ」というカフェにもジムは夜なよな通っていたらしく、トキの店主はすでに「天才」というあだ名で呼んでいた。「最近、あのひとに会ってる？　天才の。こないだ見た絵なんてさ、ひとだけ天地逆さまになってて……まじでやばいよ、あの天才」といって笑った。

そんな刺激的な交流は一年くらいつづいたが、別れはとつぜんやってくる。思いあたる理由もなく、ただぱたりとこなくなってしまったのだ。店をはじめて二度目の冬をむかえようとしていた肌寒い日に、ジムが「あんたはどうせレコードは聴かないだろう」といってショスタコーヴィチのＣＤをくれた。「店にあうから今度かけてごらんなさい」。知るよしもなかったが、これが彼と話した最後の日となった。その日はめずらしくキャンバスバッグをもっていなかったが、あらたまったかんじで「ぼくの作品、おたくならいくらくらいで売れるのかしら」といった。丸く澄んだ灰色の目でじっと私を見てきて、胸が痛む。私は大好きだけど売れないでしょうエロいし狂ってるし店がつぶれますよ、と答えたかったが、「けっこういい値段で売れるんじゃないですか。お客さんにしかつくれない作品なんで」といってはぐらかした。

こんなこともあった。ジムがすがたを消してから一年ちかくたったある大雨の夜。店のまえで、老婆が滝のような雨に打たれながら震えていた。全身が濡れ、顔面蒼白の彼女に「店のなかに入ってください」と大声で叫ぶと、にたーと笑って「だいじょうぶです」と手をふる。その表情からすぐに、この老婆は認知症かもしれないと思った。「とりあえずなかに入りましょう」と手首をつかむと、まるで骨をつかんだかのように細く、異常に冷たかった。店に引きいれたものの、彼女は寒さでがたがた小刻みにゆれながら、なおも笑っていた。ここで倒れて死ぬんじゃないかと思うと怖くなってくる。すると、かぼそい声で「ここ、レコード屋でしょう?」といった。

「いや……もうちがうんですよ」

「レコード」

「……え?」

「あるじゃない」

なにもない壁にむかって、たしかにそうつぶやいた。顔の笑みは微塵《みじん》もなくなっていた。答えに窮していると、彼女もそれっきりしゃべらなくなった。髪や服から水が滴り落ち、店のコンクリートの床がみるみるうちに黒くなっていく。近くの派出所に電話して、特徴をつたえると「あー、あのおばあちゃんね」といってすぐにかけつけてくれた。若い警官はパトカーに老婆を乗せたあと、「通報ありがとうございます。すっかり認知症が進んでね、昨晩も徘徊してたんですよ」といった。

その後、一度だけジムが歩いているのを見た。深緑のウールのジャケットにハンチングをかぶり、杖をついていた。そして隣に、あの老婆がいた。むつまじく、切なく、ほんとうに『風が吹くとき』みたいだった。私は声もかけられず、ゆっくりとふたりが煉瓦のアパートに消えていくのを目で追った。

先日、部屋を引っ越したときに、ジムにもらったナクソスのCDがでてきた。レンタル屋のケースのように帯がきっちりとセロテープでとめてある。段ボールだらけの新居でひさびさにかけてみたが、やはりどこまでも暗鬱《あんうつ》で、こんな曲をジムはいつ聴いていたのだろうと考えた。帯にはこうある。エーデル四重奏団、ショスタコーヴィチ、弦楽四重奏曲、第十五番。「楽章は六つ、しかもそのすべてがアダージョである。この世界のありとあらゆる悲しみが、そこに凝縮されている」。ジムにはわるいけれど、私にはまだ店でかける勇気はなかった。いつか店をやめる日に流したら、ちょうどいいのかもしれない。

漏れかっこいい

どこの馬の骨ともわからない、二十五歳の若造がはじめたばかりの店で、こころよく展示をひきうけてくれた大恩ある作家のひとりに、陶芸家の工藤冬里《とうり》さんがいる。愛媛に住む工藤さんはマヘル・シャラル・ハシュ・バズというかたちのない、とてもユニークなバンドをひきいる音楽家として知られているが、私はそれほど熱心に彼の音楽を追いかけてきたわけではない。むしろじぶんにとっては、わけもわからず店をはじめたせいで、突如投げこまれた陶芸界という暗い海のなかで、命からがらつかまったブイのような存在の作家であった。それ以来、どういう器がいいのか悪いのかという標旗でありつづけているが、それが工藤さんでよかったのかどうかは、店がつぶれてみるまでわからないだろう。

とはいえ、毒にも薬にもならないような工芸品を「美しいでしょう」などと、したり顔で語るような雑貨屋から、私の店がほんの少しでもまぬがれているならば、その多くは工藤さんのおかげである。物をつくるとはどういうことか、なにと争い、なにをあきらめ、なにを煙に巻き、なにを守るべきなのかという、音楽界での格闘と寸分変わらぬ、陶芸家の立ち回りをずっと見せてくれた。

いつも夏がくると、店の生誕祭という心持ちで工藤さんの陶展を催し、二〇一七年で十三回目をむかえる。極まった物、使い勝手のいい物、かわいい物、美しい物、世にはいろんな器があるけれど、私が工藤さんの器をひとことで形容するならば「かっこいい」ということになるだろうか。工藤さんは、マヘルをいいあらわすサイケデリック、チンドン、アシッド・フォーク、フリージャズなど、さまざまなカテゴライズを押しのけ、いろんな場所で「パンクだ」と公言しているが、心の奥底にパンクな血が流れていることと、彼の陶芸のかっこよさはどこかでつながっている気もする。たしかにどの器にも、あらゆる陶磁器の歴史をすぐに体系化できてしまうほどの明晰な頭脳と、確かな手わざがありながら、おしげもなく卑近なものと結びつけて破壊してしまうようなパンクな一面がある。だけどあまりにたっぷりのユーモアにおおわれているせいで、本質がなかなか見えにくい。

愛媛の砥部《とべ》で作陶する工藤さんは、磁器はもちろん土ものもつくる。高い技術で成形された食器から、私が「限界陶芸」と呼んでいる陶芸と非陶芸のさかいめで遊戯しているような物、その境界線をとびこえて不良品ぎりぎりのところまでいってしまった物まで。ときどき売るのがはばかられるようなやつもまじっている。ちなみに初期の器にはほとんど高台がない。これがまたかっこいいのだが、ごけ底ですらなく、なかには机が傷つくほどぎざぎざした切りっぱなしの物もある。

限界陶芸には、極端にゆがんでいて注ぎづらい片口、ななめになってて汁がたれる尺皿、「キス・ユア・デスティネーション」と名づけられた唇のようなふちの湯呑、逆にへりが薄すぎて口を切りそうなおちょこ、あまりに重すぎる大鉢、とどいた箱からとりだすとコントのビール瓶みたいに、こっぱみじんに自壊した茶碗もあった。土になにを混ぜて焼いたらああなるのだろうか。

いちばん困ったのは、ときどき納品される漏れる器であった。二〇一三年には「漏れかっこいい」という、まるでいなおったかのような展示名の個展もあった。この翌年に『徘徊老人 その他』という工藤さんのソロアルバムがでるのだが、同展ですでに「徘徊老人」という銘の茶碗がつくられていた。もちろん漏れる。そのほかに「器官なき身体」だったか「脱領土化」だったか、ドゥルーズから拝借したような名前の器もあった。これもおおいに漏れた。メインは三つ足的な割れ高台の、鬼萩《おにはぎ》っぽい茶碗だった。四つ足のシリーズは少しまえからつくっていたが、このときは大量の三つ足がとどき、「うらがえして展示してください」という注意書きが添えてあった。うらをむけてみると、高台の部分が放射能のハザードシンボルのかたちだった。

工藤さんは七〇年代なかばから演奏活動をしていることになっているが、もちろん当時のことはいっさいわからない。幼いころからピアノを習い、十代ですでにジャズ喫茶で演奏したり、だれかのために作曲をしていたらしい。私が生まれてすぐの八〇年に、奥さんの礼子さんと組んだ「ノイズ」というユニットで『天皇』というレコードをだしている。その工藤さん弱冠二十二歳のときの音楽は、いまＣＤで聴くことができるもっとも古い音源のはずだ。どのあたりが天皇なのかはよくわからないが、工藤さんが弾く轟音のオルガンに、礼子さんの少女のような声が重なるサイケなドローン作品である。

先日、店で工藤さんの「モランディの壜《びん》」という陶芸展を開催した。近年は咀嚼《そしやく》するまえにアウトプットする連作を楽しんでいるのだろうか、その年の春先ごろまで東京駅の構内にあるギャラリーでやっていた「終わりなき変奏」というジョルジョ・モランディの展覧会を見た工藤さんが、さっそく彼の静物画によくでてくる白い壜を再現したくなったらしい。「ちゃんとモランディの壜になってますね」というと「画像見ながらつくったんで、そりゃ似てるでしょう」とのことだった。前年の展示「残陶」で発表された物のなかにも、ジャクソン・ポロックのドリッピングのような柄の鉢があって、これまたかっこいいのだけれど、いきさつをたずねると「もちろんあれもポロック展見たんで、すぐに」とうれしそうだった。

そのときの演奏会でも、いつものマヘルのやりかたで十数曲が披露された。

まず工藤さんが数日まえに東京近郊のメンバーに声をかけ、当日集まった人たちに簡単な譜面をくばる。店の近くの駐車場だか公園だかでちょっと練習することもあるが、たいていはお客が見ている本番中に楽譜の束から一枚選び、その曲の名前や曲想を工藤さんの独特な話法でつたえる。楽器ごとにコード進行やメロディを口ずさんで教え、ときどき音色についての細かいニュアンスを歌って聴かせたりする。ちょっと練習させて「あっ、そのソはフラットで」などと指導が入り「はい。じゃあやってみましょう」とせーのではじまる。くるものこばまずの掟のせいか、つねに流動的なメンバーには熟達な演奏者は少なく、たいがいピッチはずれずれで、リズムもばらばらになる。

ずっと笑っているひともいれば、食いいるように見ているひともいる。やりなおすこともあるが、だいたいは「はい。つぎは……」となって、十五曲ほど演奏してライブは終わった。「モランディの壜」の演奏会では、たまたまいっしょに車で上京していた礼子さんも飛びいり参加した。子どものように無垢だが、こわれそうでどこか怖いその声は、三十年以上たってもあまり変わっていなかった。

すこし込みいった話になってくるが、ある時期からのマヘルは、理想の音楽をつづけるための台所事情があったのか、せめぎあうような人間関係に疲れたのか、熟達した演奏家を囲うのではなく、工藤さんをしたって集まってくる素人たちに門戸をひらいていった。雑誌『nu《エヌユー》』の三号に掲載された宇波拓《うなみたく》さんとの対談によれば、演奏力という質草を失ったことを逆手にとるためにも、徐々に「ベースとドラムを底辺としたピラミッド型のロックの構造というのをひっくり返して、逆三角形っぽくするっていう——そういうヒエラルキーみたいなものをどうにかしたい」という奇妙な課題にとりくみはじめた。ベースのかわりにバスーンを吹かせるようになり、リズム楽器の基底部分と上ものの比重が近づいていく。ボトムが刈りこまれた音楽は少しいびつで、ロックになれしたしんだ耳には足腰がよれよれの高齢者のような合奏に聴こえた。それはアメリカのオリンピアのレーベルからでた『他の岬』というアルバムあたりまで顕著につづく。

どこまで信用していいのかわからないが、いまのようなかたちのマヘルは、現代音楽家のコーネリアス・カーデューが七〇年代に運営した、非音楽家たちが自由に出入りできる実験的な楽団、スクラッチ・オーケストラや、ロックとはちがって「上下分け隔てない感じで平等」な古楽のアンサンブルの構造に着想をえたらしい。

とはいえ、それを二十一世紀の現代にやっていること自体が、アイロニーだろう。多様な価値がなだれこんだ音楽において、いまや実験的であることや前衛的であることは機能しない。一笑にふされて敗れ去ることが、あらかじめ決められているのだ。しかし工藤さんは蜃気楼《しんきろう》のように、本気なのかギャグなのか、ネタなのかベタなのかということを、ちょうど悶えない妙々たる距離にいつも立っていて、おそらくそこにマヘルという領土をもちえたことは時代の奇跡であった。それこそが、あらゆるものが相対化された世界で、アヴァンギャルドたりえる芸術家の魔法なのかもしれない。

マヘルというバンドの「だれでもうけいれる」という姿勢は、おそらく陶芸と密接な関係がある。工藤さんは父親のことをよく「食器デザイナー」といっているが、じつは砥部焼を代表する陶工である。地元でちょっとでも器をたしなんでいれば、知らぬものはいないといってもいい大家だ。もっといえば、いまあたりまえに砥部焼っぽいと思っている、ぽってりとした厚い白磁に染めつけられた紋様、たとえば渦を巻いたような唐草文などは彼の手によって考案され、世に定着したものである。もちろん民藝系の産地なので、作家性を押しだした焼物ではない。あくまで熟練の職人たちをかかえる窯元の長として、砥部の良質な磁土に絵つけをした大量生産品なのだが、とはいえ現代砥部焼における最大の功労者のひとりであることはまちがいない。

前掲記事では、工藤さんはじぶんのバンドを精神分析ふうにこう語っている。

「僕が小さい頃から父を見ていたときに、ひじょうに人のあつまりということを思った、社会主義的な発想で、平等とかいろんなことを考えて小さな工場でやっていこうとしていた。でもデザイナーとしての彼はいて、自分のインスピレーションみたいなのをやっぱり信じているから、自分のデザインを押し付けるようなかたちで成立するシステムを作りあげていく。その影響が無意識に僕にもあったわけですよ。今、僕は自分のスコアを、楽器をあまり嗜《たしな》んだことのない人に押し付けていることになっていて「彼らに幸福になってもらいたいな」って、へんな上から押し付けの何か、みたいな立場にまだ立っている。（略）やっぱり、自分が選ばれたもので特殊な賜物があって、それを信じて人に押し付けてるっていう構造は変わっていなくて、そういうのをごまかすために、古楽だ、ロックのヒエラルキーを逆にするだって、あれこれあがいているのではないかと。自分はやっぱり思い上がっているというか」

才能ある芸術家を父にもつことの葛藤が、工藤さんにもあったことがうかがいしれる。陶芸家として本格的に活動をはじめたのは、おそらく焼物の修行という名目で渡ったイギリスから帰国した二〇〇〇年代の初頭であろう。ちょうどグラスゴーのバンド、パステルズのリーダーが運営するレーベルから逆輸入というかたちで作品が発売され、それまで一部のカルト的なファンにしか知られていなかったマヘルが、もう少し幅広いひとびとに広まっていったころと重なっている。

まだ渡英するまえ、工藤さんはマヘルの雛形《ひながた》ともいえる楽団を運営していたコーネリアス・カーデューを調べるうちに、彼の父も陶芸家だったことを知った。バーナード・リーチの一番弟子で、素朴な動物の絵皿やスリップウェアなど、英国の民陶の精神を正しく受け継ぎ、八十歳ちかくまで作陶しつづけたマイケル・カーデューである。実際、工藤さんはイギリスに渡ったおりに、父のマイケルがつくった工房にもおもむいている。そのときのことをこう話す。「カーデューも、僕と同じ民藝的っていうか、ウィリアム・モリス的な発想のなかで育って、クラフト運動を音楽に置き換えてやったんだなって分かって、それで彼がやった素人オーケストラの発想も容易に理解できた」。そして、逃れようのない父の深い呪縛のようなものをあらためて感じた。

息子カーデューは音楽の道に進んだのち、晩年は過激な政治運動へと遁走《とんそう》した。でも工藤さんはちがった。音楽をつづけながら、幼いころから傍らにあった陶芸の世界に、ゆっくりと回帰していったのだ。

今年も夏になれば彼はやってくるはずだ。白くて固い砥部焼を解体したような、漏れかっこいい器をもって。

スピード・オブ・ライフ

十年なんてあっというま。すぐには、なにも情景が思い浮かばないくらいのスピード。抱えきれないほどのいろんなことがおこったはずなのに。もしかしたら仕事に追いまわされ、文字どおり時間を抱えきれず大半の思い出をどっかに落っことしてきたのかもしれない。いずれにせよ、私は店でなにをやっていたのか、うまくふりかえれない。真夜中の高速道路に等しい間隔で立つ街灯のように、時間を定点観測できるものはないものか。

しかたないので、過去の展示を管理していたスケジュール帳をひっぱりだしてきてながめた。年間五十回。狂気の沙汰だ。よくもまあこんなに企画したものである。毎晩飲み歩くひとみたいに、なにかを忘却するために、たえまない展示の去来のなかに身を沈めている、と疑われてもしかたないほどの量である。

さらにおどろいたことに、初年度から現在まで毎年展示をしてくれている作家はふたりしかいなかった。奈良の山村で作陶する比留間《ひるま》郁美《いくみ》さんと、工藤冬里さんだけであった。

二〇〇五年、夏。人通りのない裏路地に、容赦なく灼熱の太陽がさしていた。手帳によると、都内でいっせいに打ち水をすればヒートアイランド現象をふせげるという仮説のもと、ひとびとが柄杓《ひしやく》で水をまきはじめた、とある。そんなうだるような暑さの八月、とある月曜日の正午。工藤冬里さんの「クイック・スローイング、ショート・ライブズ、スピード・オブ・ライフ」という陶芸展がはじまった。すばやく投げること、短い命、人生の速度、とでも訳せばいいのだろうか。

うぶな私はてっきり器がとどくものだと思っていたら、どう見ても岡本太郎の「太陽の塔」をパロったような小さな陶人形たちと、別送で太陽の塔の頭部が爆発している巨大なオブジェがやってきた。底の方に少し入っていた、おおぶりの碗や皿も、いま思えば休雪《きゆうせつ》の白萩もかくや、といったおそるべきかっこよさだったのだが、陶芸界の羅針盤をもたなかった私は、雑貨屋でこんなもこもこした白砂糖せんべいみたいな器を売ってていだいじょうぶだろうかと困惑した。だが個展が終わるころには、古いアラビアのルスカがどうのこうの、ジャスパー・モリソンの新作食器があぁだこうだと騒いでいた浅い陶芸観は、邪悪な太陽の塔によって焼け野原にされてしまった。

どうやって工藤さんにコンタクトしたのか、もう思い出せない。店をいっしょに立ちあげた後輩のOが、うちの大学の学園祭にきたマヘル・シャラル・ハシュ・バズに、うどんをすする役で参加した縁で、工藤さんのメアドを知っていたのか。うどんをすする役……?

二度めの安保闘争で占拠したという、その廃屋のようなホールに私もいたはずだが、どんなライブだったか記憶にない。ともあれ、器については右も左もわからなかったので、工藤さんが同郷であったことと、ジオグラフィックからでた二枚のアルバム、とりわけ『今日のブルース』の異常なセンスのよさに心酔していたことが、連絡する決め手となった。

二〇〇六年。「1000ウィンターズ」。千の冬。このあたりから、ぬらぬらした朱色の宝貝のような、登り窯で焼いたシリーズがいくつか登場しはじめる。ふりかかる高熱の灰と炎が、人の手をはなれた領域で器をはげしく変化させる。大洲《おおず》かどこかの陶芸家が年に何度か窯を焚く際、寝ずに火の番をするかわりに、作品をちょびっといれさせてもらっていたらしい。近年、その大洲の男は体調をくずしたのか、ただ疎遠になったのか、穴窯の焼物は見かけなくなり、もっと買っておけばよかったとくやまれる。

二〇〇七年。「オン・ア・フィールド、サブレ、ザ・レター、A、ギュールズ」。わけがわからないと思うが、これはナサニエル・ホーソーンの小説『緋文字《ひもんじ》』の最後にでてくる、墓石に刻まれた言葉である。黒地に赤いAの字という意味らしい。砥部の土をつかった白磁に、かならず海老茶色のAの文字が染めつけられた意味深なシリーズ。『緋文字』における清教徒たちの社会では、姦通《かんつう》の罪を背負ったものをあらわす印が、緋色のAなのだ。

二〇〇八年。「コンストリクテッド・プラスチック・インエヴィタブル」。もうタイトルの意味はわからない。が、この年の作品はとても静謐《せいひつ》で美しく、DMのデザインからディスプレイの感じまで、開店して三年で、はじめて納得いく仕事ができた。志《し》野釉《のゆう》のようなメレンゲ状の白い薬が、下地の黒い土がのぞくかのぞかないか程度にうすくかかっていて、寒い夜に溶け残った雪みたいに、ほのかに青く見える。

二〇〇九年。「鬱陶」。このときのライブでは、どっかで拾ってきたでかいバグパイプを演奏した。百円ショップに売っていそうな安っぽい足ふみ式の空気入れを、バグパイプにぶっさして鳴らす。最初は失笑しながら見ていたお客も、えんえんとつづく格闘に無口になっていった。途中からみな、この男はなんのために汗だくになりながらバグパイプを演奏するのか、という難問とともに、長くゆがんだ忍耐の時間をすごした。一時間弱ほどがたち、最後にやっとぷーという持続音がでてきて、それが恐るおそる野獣のような爆音へと駆けのぼっていったとき、店のなかはうっすらとした感動につつまれた。

二〇一〇年。「ロック史」。ヒストリー・オブ・ロック。萩焼にあるような線状に入ったかいらぎが紋様をえがき、みごとな景色をつくった大皿がならんだ。おそらく展示名は「石もの」と呼ばれる磁器の歴史にもかかっている。

二〇一一年。「リーキング・ポッツ、ファウンド・イン・ガーベッジ・フィールド・ニア・ザ・キルン」。窯の近くのゴミ置場で見つかった漏れる壺、みたいな感じか。事前にメールで展示名を教えてもらった時点で戦々恐々としていたが、それほど漏れるやつはなかった。しかし、その二年後に満を持して「漏れかっこいい」という展示がやってくるわけだけど。ライブの前半では工藤さんが段ボールの下で寝ころがり、前座で呼んだハウリングヴォイスの吉田アミさんに踏みつけてもらっては、頓狂な声でわめくパフォーマンスがつづいた。おそらく地中の蟬《せみ》を表現していたのだろう。羽化したあとは、盆踊りを舞いながら相対性理論というバンドのリフをくりかえし歌った。

二〇一二年。「葛陶」。かってに「尻子玉《しりこだま》」と呼んだ、丸い泥だんごみたいなオブジェがたくさんとどいた記憶がある。箸置きにつかえなくもない。このときのライブは大混乱となった。演奏を放棄して、料理をふるまったせいである。近所の西友でカセットコンロやフライパンなどを買ってきた工藤さんは「よろしければ一円玉をいれてください。あとで返しますんで」と托鉢《たくはつ》のように、客席に鼠《ねずみ》色の茶碗をまわした。そうやってずいぶん集まった一円玉に、生シラスと大根おろしをいれてよくもみこむ。一円のしらす和え。すぐさま工藤さんはほおばった。そして、そりゃそうなるだろうというタイミングで「おえっ」と吐きだし、半分くらいの人が笑い、半分くらいの人が引いていた。

BGMはバックヤードから流れてくる、ちょっとゆがんだフュージョン。むかし「吉祥寺ロンロン」なんかでよくかかってたやつだ。じつは裏で、宇波拓さんという実験音楽家が、徹夜でつくった自作のカラオケにあわせギターを生演奏していたのだが、もちろんほとんどのお客は宇波さんに気づかぬまま帰路につくことになる。しかもすべて書き譜で、何度おなじトラックがかかろうとも、そのうえで毎回おなじフレージングを奏でるといった、よくわからないこだわりをみせた。複雑なメロディなのだが、とてつもなくダサい。でも大好きだ。

工藤さんは白磁の皿を観客にまわし、今度は五円玉を集めはじめた。一円ほど集まらない。ごま油を熱したフライパンに硬貨を勢いよくいれたせいで油が飛び散り、前列の女性が避難した。大家に見つかったら即退去だ、頼むからやめてほしい、と思ったときに、水溶き片栗粉が投入され、破裂音とともに煙がもうもうと立ちのぼった。工藤さんは楽しそうにへらでかきまぜている。ロンロンは淀みなく流れつづけている。奇特なお客が千円札をさしだし、それも即座に炒められた。あんかけ五円炒め、千円添え。ぼうぜんとして「葛陶」の器とお金料理になんの関係があったのかは聞きそびれた。ライブ終了後、工藤さんがきれいに洗って、しわまでのばした千円札を返していた。濡れた札を手に、困惑したお客の顔が忘れられない。

展示をぶじ終えて秋が深まってきたころ、私は体調をくずした。お金と食材を粗末にしたせいかもしれない。なにもかもを忘れるために、半年間くらい毎日走りつづけた。

二〇一三年。「漏れかっこいい」。とにかく漏れる、そしてかっこいい器。工藤さんの父親は砥部焼を代表する陶工であるが、この年、地元出版社から作品集がでた。息子の冬里さんは「これらは磁器ではない。これらはひとつの闘《せめ》ぎ合いである」という一節からはじまる「磁器の剝きだし」というタイトルの序文をよせている。父に対して、というよりも、傷ひとつなければ手跡もない白磁を、至高の作品としてもとめてきた磁器の歴史について、ほとんど詩のような独特な文体で考察している。前年に大阪でおこなった個展では、手癖をしっかりと残し、歴史にさからって磁器を陶器のようにつくってしまうじぶんの器を「マイナス茶碗」と呼んで卑下してみせた。

工藤さんはそれがどんなに滑稽であっても、どんなに無意味であっても、つねにメタ陶芸であろうとしてきた稀有な作家である。生きているかぎり、哲学と歴史を手に、じぶんが立っている足元を疑いつづけることを放棄してはならない。もしロックをやるならロックとはなにかを、盆踊りをやるなら盆踊りとはなにかを問わなくちゃならない。それは雑貨を右から左に移動させるだけのはかない商売であっても、おなじことなのだ。雑貨とはなんなのか。

二〇一四年。「レイヤー・ベトレイヤー」。「今回は練らない土たちの政治性をテーマにします」とのことだったので、展示名からいろいろ深読みして長い感想をメールしたら、ひとこと「ニック・ドレイクですよ」と返信があった。ニック・ドレイクのセカンド『ブライター・レイター』からなのか。わかるわけない。練りきっていない土で焼くなんて陶芸では御法度《ごはっと》だと思うが、漏れる可能性さえ恐れなければ、茶と灰と白の土がマーブル状のまま焼き締まった、世にも美しい器ができあがる。

英語で「スターバックスに行くな」と書かれたマグカップもあって、すごく売れた。お客には「これもってスタバで「グランデください」とか注文すると、とっても楽しいですよ」と説明していた。

二〇一五年。その年の春に店を急きょ移転したせいか夏バテがひどく、朦朧《もうろう》と夏をすごした。「残陶」。名前からして残り物が送られてきそうで身がまえていたが、ジャクソン・ポロック風のドリッピングで絵つけした鉢や、鉄でトンボの紋様をえがいた大皿など、出色の作品がたくさんあった。

二〇一六年。「モランディの壜」。店は十一周年をむかえた。すばやく投げること、短い命、人生の速度。あの夏から私も十一、歳をとった。あたりまえだけど工藤さんもおなじだけ歳をとった。都内では真夏の打ち水がまだつづいている。人生の速度とかかわりなく、時は流れていく。

III

限界集落

世界は三つに分類できる。つまり雑貨化した場所、雑貨化しつつある場所、雑貨化がほとんどなされていない場所。

霞が関の無数の会議室、練兵場、深夜の救急病棟、コンテナ埠頭、赤坂の迎賓館、国際宇宙ステーション、クリーンルームのある工場、証券取引所……。たまには、雑貨から遠くはなれた場所について想像してみたいと思うのだが、だいたいそういうところは部外者がおいそれと入れないので、実際に雑貨がまぎれこんでないかどうかをこの目で判定できない。まだ雑貨に侵されてないアジールのような場所が、どこかにあってほしいものだけど。

もうちょっと身近なところから探してみよう。たとえば昨晩から店のちかくの交差点で夜間工事がはじまったが、そこには雑貨の世界とほとんど関係ない時間が流れている。雑貨病に感染した私の目には、強烈な白光を闇にはなつＬＥＤバルーンが、なんだか宙に浮いた美しいオブジェに見えてしかたなかったけれど、その過酷な肉体労働に従事する男たちがにぎりしめる、シャベルやつるはしに雑貨感覚はいっさい宿っていなかった。いまのところ、かたい地面を掘りかえす彼らの脳裏に、インスタグラムで時空を切りとってタグづけするような感覚はおとずれていないようだった。青白い光に照らされて、工事は粛々と進んでいった。

神社仏閣はどうだろう。とある正月、帰省して地元の神社に初詣に行った。父と古くからつきあいのある神主と立ち話をしていたら、ここ数年、キティちゃんのお守りを置くようになってから年始の売上がのびたらしく、「ほんとにキ・ティのおかげですわ。感謝してます」と喜んでいた。お詣りを終えて社務所によると、案の定、キティちゃんのお守りが山のようにならんでいた。まさにお守りの雑貨化が、神社の経営に奉仕しているのだった。キティちゃんのことを不思議な発音で「キ・ティ」と呼びすてにするあたりから、深くは感謝してないことがうかがえたが、彼はその後、神主と兼業で市議会議員になり、そしてしばらくして県議会議員にくらがえした。だれにでも簡単にはなれないだろうから、神のご加護があるのだろう。ともあれ、このように神社の雑貨化は物を売る社務所からはじまるのだ。キャラクター化した巫女さんがはにかむ、アルバイト募集のポスターが風にゆれていた。

以上のように、雑貨化しているのか免れているのかは、やはり現地に足を運んでみないとわからない。広がりゆく雑貨化の現状を、店の椅子に座って考えているだけではだめなのだ。ましてや雑貨屋をくまなく観察した人間が、雑貨のことをわかるというわけではない。それは店ではなく世界に偏在している。雑貨を愛するものが、雑貨感覚にすみずみまで満たされた場所で、雑貨にあれこれ思いをめぐらす行為こそが、雑貨によってしくまれた罠なのだ。そんな再帰的な空間から逃れないかぎり、ミイラとりはいずれミイラとなり「雑貨がどうなろうとも、好きだったら、なんだっていいじゃない」というひとつの結論にいたるはずだ。私もそうなりつつあった。

この一年、たまの休日に雑貨屋へ行くことはほとんどなくなった。これといった理由もなく、都心の骨董市、ミュージアムショップ、学術的な博物館、郊外の大型ホームセンターなんかにでむくことが増えた。物欲がうずまく現場をうろつきながら、雑貨感覚とさまざまな古い感覚がせめぎあうのを見ると、なぜか心がおちついた。どこに行っても、いずれ雑貨感覚にやぶれるであろう価値観——時代に乗りおくれたひとたちの切実なノスタルジーや、記憶や教養にもとづいた偏愛ばかりが目についた。私は知らずしらずのうちに、雑貨とそうじゃない物の紛争地を歩きはじめていた。あるいは高齢化を研究する社会学では、人口の半数以上が高齢者となった地域を限界集落などと呼んで熱心に調査しているが、私もそれをまねて、雑貨界の限界集落を探していたのかもしれない。工事現場や神社仏閣のように、まだほとんど侵犯されていない場所ではなく、おおいつくされてはいないが、雑貨感覚が半分くらいまで押しよせていて、べつの感覚とぶつかり、拮抗している場所を。

船底の構造模型

大学のころ、はじめてヨーロッパに旅行をした。帰国した翌日、表参道を夢遊病者のようにのろのろ歩いた。夏も終わりが近づいている。なぜかさっきから欅《けやき》に並走するショーウィンドウが、ぜんぶはりぼてのように映じたまままつづいている。あれほどかっこいいと思ってたカフェだの雑貨屋だのギャラリーだのが、テーマパークのかきわりに見えた。グッチのまえで、コスプレしたようなドアマンが老人に謝っている。暑い日差しをさけるように、骨董通りへ折れる。なんどか通ったことのある骨董屋に、ひびわれたデルフト皿が後生大事に飾られているのを見て切なくなった。いわれのわからぬ磔刑のイコンも、現地で投げ売りされていたジャンク品のようだったし、いつもていねいに、侘《わ》び寂《さ》びの見立てがどうのこうのと教えてくれた店主も、会わないあいだにずいぶん老けこんでしまった気がした。見渡すと、どこもかしこもおかしく思えた。視界に入るいろんな看板が、読みかけの本が、あらゆる商品が、読めもしない外来語で溢れていることすらも気になってくる。

そんなふわふわした異邦人感も夏休みの終わりとともにうすらいでいった。その後なんどか海外に行って帰ってきたが、あんな違和感におそわれることはもうなかった。

あの夏の日を思い出したのは、十数年後の冬に訪れたインターメディアテクという博物館だ。それは当時、丸の内にできたばかりの商業施設の二階と三階の一角にあった。

インターメディアテクは入場無料で、建物の事業主である日本郵便と、東京大学総合研究博物館が運営する公共性の高いスペースである。パンフには「東京大学にある学術文化財を常設するとともに、現代における様々な学術研究の成果や芸術表現をそれらと組み合わせながら」公開していく、とある。東大が明治十年の開学から溜めこんできた古い研究資料や学術標本が、みごとな展示デザインによって再構成されている。館長をつとめた西野嘉章《よしあき》は『モバイルミュージアム　行動する博物館』（平凡社新書）のなかで、インターメディアテクを「単なるミュージアムではない。資料保存庫でもなければ、学術研究機関でも、展示公開施設でもなく、それらのいずれでもあると同時に、従前にない表現メディア複合体の創生母胎」と定義している。

剝製《はくせい》、数理模型、構造模型、骨、化石、鉱物や昆虫の標本、ボタニカルアート、実験器具、観測器具など、役割を終えた物たちがならぶ。そこには一見すると私の好きなシュルレアリスムのレディ・メイドがもっていたようなユーモア感覚や、彼らが再発見したヴンダーカンマーの世界に通ずるあやしくて濃厚な空気がある。さらに対面していると、口を閉ざした物たちが、自身の出自をちゃんとわきまえていることがわかってくる。この国の近代化のためにそれぞれ生みだされ、あるいは西欧から輸入され、秀才たちの研究に日夜かりだされてきた物たち。そして近代の終わりとともに忘却され、大学の倉庫で眠りつづけていた物たち。廃棄処分されてもおかしくなかったがゆえの謙虚さが、堅牢《けんろう》な美へと転じている。

眼前には木でできた船底の構造模型が美しくならんでいる。それらはみずからの抑圧された出自にむかいあったまま時を止めている。開国以降、この近代化は西欧の猿まねなのかもしれないという不安のなかで生みだされ、その先に新しい工学を切り開かんとする痕跡を残したまま。さっきから近くで騒いでいたカップルが今度は、恵比寿の古道具屋で似た物がいくらで売られていた、などと話している。私たちはもはや、ここにある多くの物から知性や歴史を漂白して、博物館ではなく雑貨屋にいるような感覚ですごしたがっているのだと了解した。インターメディアテクという、東京帝国大学の淡い威光のなかで、文脈から自由に切りはなしてインテリアのように物をとらえる遊び場を手にしてしまったのだ。西野嘉章が提唱する「モバイルミュージアム」という、既存の博物館を越えようとする戦略的なコンセプトも、半分は、大衆の雑貨感覚によって後押しされているとみるべきだろう。ここにある物すべては、どっかのコスモポリタンな骨董商が、美しいなどという身勝手な意識でくすねてきた商品ではなく、この国の礎でさえあったのに。

パーリア的、ブラカマン的

「さて、お立ち合い、ごらんのとおりだ、ここにある解毒剤はそんじょそこいらにあるあやしげな薬とは訳がちがう、瓶詰めにした神の手もかくありなんというほどの効能を備えた特効薬だが、本日はこれをただ同然の値段、わずか二クアルティーリョでお分けしよう、金もうけが目的でこんなあぶない真似をしているのではない、ここにお集まりの皆さんが少しでも仕合わせになられるようにと願ってお分けするのだ」(ガルシア・マルケス『エレンディラ』鼓直・木村榮一訳、ちくま文庫「奇跡の行商人、善人のブラカマン」より)

マックス・ヴェーバーの『古代ユダヤ教』(内田芳明訳、岩波文庫)によると、かつてのユダヤの商人たちは仲間うちからは利子を取っちゃいけないことになっていた。

しかし、異教徒からはばんばん利子をとってもよかったらしく、そんなずいぶんいいかげんな道徳が支配する経済を、ヴェーバーは「パーリア資本主義」と呼んで、近代資本主義の倫理と区分けした。のちに私は、当時のユダヤの民のおかれた境遇を考えれば、命をかけて金をかせぐ以外に生きる道がなかったことを知るわけだが、でもどうしても旅行先の海外で骨董市なんかにたちよると、ヴェーバーの話を思い出してしまう。そこでは、ジャンクな古物に価格なんてあってないようなものなので、店主は観光客にはふっかけ、かわいい女の子には値引きをする。地元の人でもお金持ちには高く売り、仲間たちには安くわけている。つまりひたすら足元を見て商売をするわけだ。しかもおどろくべきことに、世界じゅうどこの市場でも店のおやじたちはよく似た口ぶりで、よく似た顔つきをしているのである。それは「パーリア資本主義的顔相」ともいうべき世界共通の愛すべき表情なのだが、総じてくたびれていて、匂いたつほどの哀愁をただよわせている。いまや、緊張つづきの外国の街で彼らに出会うと「あーまたいっしょだ」と心がなごみさえする。でも油断するとすぐにぼったくられるので、おちおちなごんでもいられないんだけど。

さんざんなことを書いているが、しがない自営の雑貨屋だって根っこはおなじようなものだと思っている。現地で二束三文《にそくさんもん》で買ったなんだかよくわからない古い物を日本にもって帰ってきて、三倍くらいで売るわけだから。利ざやがいいからといって、雑貨屋が古物に手をだした瞬間から、ある種のパーリア的な人相が知らずしらずのうちに宿ってしまうのだ。

ガルシア・マルケスというコロンビアの小説家の本には、どっかの遠い国で命からがら見つけた得体のしれない物を、どうせばれないだろうという精神のもと、むちゃくちゃな方便で売りさばく密輸商人たちが山ほどでてくる。『百年の孤独』にもすごいやつらが登場するが、極めつけにうさんくさいのは冒頭の一節を説くブラカマンであろう。どうみても人道をはずれた悪党なんだけど、表題では「善人」となっているところにマルケスの小説の奥深さがある。しかし、このたびあらためて、ブラカマンが解毒剤を売るために一席ぶった場面を読んでいると、強い既視感があった。口調はちがえども、これはあらゆる雑貨屋がネットショップの「カートに入れる」ボタンのうえに書きつらねる前口上と、論旨がそっくりだからである。つまりお金のためではなく他人の幸せのためだという例の謳《うた》い文句である。もちろん、この巷《ちまた》にあふれた言説が嘘かほんとかなんてことは私にはわからない。ブラカマンが悪人なのか善人なのかを読者が決められないのとおなじように。

さて、もうすこしだけパーリア的な話をつづけよう。あたりまえだけど、雑貨屋はいろんなメーカーからいろんな雑貨を仕入れて、それを売って生活している。雑貨メーカーには大きくわけて二種類あって、自社でなにかをつくって小売店に卸しているところと、だれかがつくった物を集めて卸すところがある。後者の多くは、輸入業者ということになる。カタログをぱらぱらめくってみればわかるが、世界各国からくまなく掘りおこされた雑貨が日本にやってきている。いまや日本にない物を探すほうが至難のわざである。海外旅行で買ってきてくれたおみやげだって、悲しいかな検索してみればたいてい日本で売っている。そもそも物産品なんてかっこうの標的で、すぐに輸入業者が製造者に交渉するか、あるいは現地のみやげ物屋から横流ししてもらうか、かってに大量に買い占めるかして、日本にもちこまれるのだ。そして倍くらいの値段で卸され、仕入れた雑貨屋はさらにその倍くらいに値つけをして売るのだ。

学生時代、イタリアを旅した友人から、サンタ・マリア・ノヴェッラ薬局の石けんをもらったことがある。半年後くらいに、またべつの友だちからも同薬局のワックスで固めたポプリをもらった。当時はまだ日本で手に入らなかったせいもあって「須賀敦子が「ただ用もなく歩くのがすき」なんていっていた、あのフィレンツェの街からやってきたのかー」と異国の香りをくんくん嗅ぎながら、包み紙から説明書まで後生大事に洋服箪笥《だんす》にしまっておいた。

卒業したころ、北青山に上陸したらしいという噂をもとに、とある大学の教授と近くまでいった記憶があるが、なかに入ったかどうかを思い出せない。不安になってインターネットで検索してみたところ、その後どんどん増えていったべつの店舗はでてくるものの、青山に店が存在した痕跡は、情報の荒波にもまれてかき消されつつあった。かろうじて個人ブログのなかにいくつかの断片を見つけたが、どれも更新はとまったままで、スペースデブリのように孤独に漂っていた。おそらく日本のサンタ・マリア・ノヴェッラ薬局には、二つの正規代理店がヘゲモニーを争っていた時期があって、現在インターネットにでてくるのは、北は北海道から西は福岡まで十三店舗をチェーン展開するにいたった勝者の歴史なのだろう。いっしょに行ったはずの大学教授に「あのとき私たち、なかに入りましたか?」って聞いてみたいけど、私は彼女がいまどこでなにをしてるかも知らなかった。もう定年で退職しているのかもしれない。とても気丈なフェミニストで、たしかインドのダウリー殺人について研究していた。ベージュのトレンチコートを着ていた気がするので、あれは春だったのか。さっきから北青山の雨あがりの裏通りを、ゆっくりと歩いている一場面が、ジフ画像のように短くループしたまま頭からはなれない。

海外雑貨ブランドの正規代理店をめぐる抗争はいたるところでおこっている。この瞬間もバイヤーたちが血眼《ちまなこ》になって日本にない物をさがしているのだ。古物商をやっている私の親しい友人も、個人輸入でいろんなめずらしい現行品をさがしてくれるのだが、新宿伊勢丹のバイヤーなんかがでてきた日にゃ、かなわないらしい。やっといいメーカーを見つけても、何か月もかけて値段交渉しているすきに、潤沢な資金をちらつかせた輸入業者が代理店契約を交わしてぜんぶかっさらっていく、なんて日常茶飯事なのだそうだ。これじゃまるで世のなか盗っ人だらけみたいだけど、古今東西、行商人たちの世界とはそういうものなのだろう。だからどんぐりの背比べを強いられる雑貨業界で、どこにも置いてない物をあつかいたいと思ったら、現行品はあきらめて作家物か古物になるのはやむをえないのかもしれない。そして前述したように、古い物に手をだせばおのずとブラカマン一座に列するわけで、われわれはそんな輪廻のなかで生きることに耐えなくてはならないのだ。

最後に東京の骨董市における、ちょっとした変化について書きたい。一時はすたれていた骨董市、蚤《のみ》の市、アンティークフェアといったイベントが、ふたたび息を吹きかえしつつあることを教えてくれたのは、先にのべた骨董商の友人であった。たしかに毎週、でかいのから小さいのまで都内のあちこちで催されている。私が嬉々として、世界じゅうで出会ってきたパーリア資本主義的顔相のおじさん、おばさんの話をすると、「いや、そういうひともいるけど、最近はだいぶ減ったよ」とのことだった。

その日は一年の最後の営業日で、ちょうどクリスマスであった。普通のツリーを飾ったら負けだということで、十二月のなかばに、友人はどっかから樅《もみ》の生木を手にいれて、謂《いわ》れもわからない逆さツリーを天井からぶらさげてくれた。おかげで最終日の閉店後は、黙々と役目を終えた木の解体作業がつづき、我々がのこぎりで切りきざんだ樅をでっかいゴミ袋にいれ終えたころには時計は零時をまわっていた。友人はのこぎりから箒にもちかえて、床に散らばった葉っぱを掃きながら「もうね、蚤の市に若手の古道具屋がどんどん増えてるから。雑貨屋といっしょで。そういう雑貨感覚で古物商やってるひとだけを集めた骨董市も、いっぱいあるし」といった。

年始になって十年ぶりくらいに、とある大きな骨董市を朝からまわってみた。たしかに以前とは出店者の顔ぶれが変わってきている気がしたが、それほどでもないなと思っていると、ある区画まできて私は目を疑った。そこにはたくさんの若い骨董商たちが集められ、一本の通りが形成されていた。みな敷物のうえにちょこんと座って、ヨーロッパの白い皿やカトラリー、錆びた小間物なんかをちょん、ちょん、ちょんとならべて売っているのだが、それぞれの店主をシャッフルしてべつの敷物のうえに移動させてもだれも気づかないくらい、ひとも商品も店がまえもそっくりだった。

そのエリアは客層も若く、しゃがんで琺瑯《ほうろう》のじょうろをいじっていると、となりにいたふたり組が「ここにのってるかんじの器ってありますか?」と二台のスマホの画面を見せていた。店主が十枚ほどスタッキングされた十九世紀末のフランスのオーバル皿を指さすと、ふたりは一枚一枚、傷やひび、釉薬《ゆうやく》の剝げた部分がないかずいぶん気にしながら、慎重に横によけていった。かつての指が煤けた古物商のおやじなら

「一期一会」という、わかるようでよくわからないパーリア的な決まり文句で押しきっていたのかもしれないが、そういった強引な雰囲気はもうなかった。雑貨感覚に満たされたその通りには、とても近代的で、安心安全な商空間が広がっていた。

悲しき熱帯魚

神戸の大地震があったとき、三百キロほどはなれた私の部屋で熱帯魚が死んだ。真冬の暗い明けがたに水槽は心霊現象のようにゆれつづけ、水しぶきがベッドのきわまで飛んだ。びっくりした魚たちは瞳孔を開いたままひらひらと落下し、いつも水底にいたゼブラキャットという小さな鯰《なまず》だけが狂ったように四面のガラスに頭を打ちつけてまわった。そのときは気づかなかったけど、一匹のトランスルーセントグラスキャットが宙を舞い、絨毯のうえで干からびた。透明な体のせいで、部屋が明るくなるまで発見できなかったのだ。

中学にあがってしばらくしたころ、幼なじみのKに「かわたさん行く?」といわれ川田熱帯魚というさびれた熱帯魚屋についていった。Kの家にはメダカからはじまり金魚、亀、ザリガニ、鯰、タナゴ、沼海老、ふたりで近所の溜池に天蚕糸《てぐす》を垂らして釣ってきたブルーギルやブラックバス、淡水海水のあらゆる熱帯魚、そして玄関の巨大なガラスの水槽には、蛙を丸呑みする雷魚《らいぎょ》がいた。

私は川田熱帯魚の奥で、鬱蒼と茂るアクアリウムをはじめて見たとき、光をさえぎる水草の森は美しいというより、『風の谷のナウシカ』の腐海《ふかい》のような、退廃した世界観のアニメやゲームの一場面に思えた。流木のやぐらに身をひそめるネオンテトラの群には、争いに疲れ、遁世《とんせい》したひとびとの設定を重ねてわくわくした。

その日の夜に母に相談し、数週間後、ふたたび川田さんに行って七十センチ水槽とグッピーを五匹買った。水槽の背面には、専用のでこぼことした立体の風景画をとりつける。絵には針葉樹林が広がり、根元の水だまりに鱒《ます》がいて、そしてはるかむこうにマグマがふきあがる活火山があった。そういうものがちゃんと売られていたのだ。舞台設定はいっきに終末論的なものに変わり、胸が高鳴った。

いま思えば、アクアリウムは箱庭や盆栽のように、自然を人ひとりで支配できるサイズまで縮減した贅沢な遊びであった。もしかしたら雑貨の根源にも、自然という複雑で得体のしれないものを、手のひらにおさめたいという欲望があったのかもしれない。世のペットの定義をよく知らないが、そこに配された熱帯魚はペットというよりも、まさに雑貨的な生きものであった。

中二のころ、どす黒い赤インクのような色のベタを仲間にくわえた。ひらひらと舞う闘魚の登場で、ある種の緊張感が生まれ、私はますます水のなかの世界に釘づけとなっていく。そして中学を卒業するときには水槽を百十センチに買いかえ、シルバーアロワナの幼魚を飼うようになった。アロワナはすぐに、すべての魚たちの頭上に君臨した。

その古代の記憶をとどめた奇妙な淡水魚に出会ったのは薄暗い川田さんではなく、光まばゆいディックナーサリーというホームセンターである。アクアリウムのある一角の明るさは、学習塾の教室を思わせた。そして水以外なにも入っていない透明のアクリルにたゆたうアロワナを見たとき、なぜかこの地獄から助けなくてはという義憤にかられたのだった。すぐに財布を確認して店員を探しにいった。そのときの私は、この幼い魚を、ある地獄からべつの地獄に移動するだけかもしれないなんて、これっぽっちも考えなかった。

なにかが死ねば、新しいなにかがやってくる。あるときから、どんどんと奇抜な魚を招きいれていくことで、水槽のなかの物語を新鮮なものに保とうと必死になった。

なぜなら、か弱き生きものたちを神の視点から眺め庇護する、などといったおかしな欲望にとりつかれた一方で、その情熱が失われつつあることに薄々気づいていたから。高校にあがりKとも疎遠になったころには、熱帯魚にたいする興味がほとんど失せてしまったことを認めざるをえなくなった。そして、阪神淡路の震災があった。

高校時代の三年間をかけて、魚たちは徐々にこの世からすがたを消していった。塾やバンドにかまけて餌をやりそこねているあいだに、残り少なくなった小魚をアロワナが食べてしまったこともあった。そして最後には銀色のアロワナだけが残った。掃除の回数も減り、うっすら藻に覆われた水槽から、ときおり私をじっと見つめていた。私が自室でくりひろげた、あらゆる思春期のおこないをアロワナは知っていたはずだし、餌の時間には私からいろんな秘密をうちあけたりもした。

「おれが来年、東京の大学に受かったら、もうさよならやな。まえも話したけど、バイト先のカラオケ屋にかわいい女の子がおるやん？　その子にな、東京に行っても四年たったら帰ってくるけん、って昨日ゆうたんよ。でもあれぜんぶ嘘なんや。もうこんな地獄みたいなところに、おれは二度ともどるつもりはないけん。おまえもそう思うやろ？　でも安心せえよ。もうアマゾンには帰れんけど、川田さんにな、もらってくれんか相談してみるつもりやけん。そしたらおまえもこんな地獄からでれるんや。やけん、それまで死ぬなよ」

私は償いの気持ちをもって、生きのびることだけを何度もいって聞かせた。瞼《まぶた》をもたない不気味な生きものは、目をそらすことなく、なにかを伝えたがっているように思えた。

受験をまぢかに控えたある冬の朝だった。いつものように六時に目を覚まし、カーテンをあける。ベッドのへりに腰かけて、薄っすらと朝日に照らされた水槽を見上げると、アロワナが砂底につきささっていた。ロンギヌスの槍《やり》のように、まっすぐと、時間を止めて。私に対する、いや自身が雑貨的な生きものであることに対する、仏僧が身を焼くごとき抵抗にも思えた。死後硬直でまっすぐのびきった体は、私の見知っていたアロワナの倍くらいの長さがあり、それも怖かった。最後まで名前をつけてもらえなかった魚は、澄んだまなこでまだ私を見ていた。朝食のあと、新聞紙にくるんで庭に埋めようと土を掘ったが途中でやめ、かわりに幼いころよく遊んだ用水路に流した。手をあわせたものの、結局関係ないことを祈った。ぶじ試験に受かって、この田舎からでられますように、と。

先日、健康診断をうけた病院の待合室に、病人たちを癒すための立派なアクアリウムがあった。色鮮やかな熱帯魚だけが選ばれ、おそらくリース会社が定期的にメンテナンスをしているのだろう、私のかつての水槽のように弱肉強食の殺伐とした陰影はなく、明るく平安であった。むかしディックナーサリーで見た、無菌室のような箱に舞う、一匹の美しいシルバーアロワナを思い出した。

ホームセンターといえば、ディックナーサリーしか知らなかった私が、はじめてジョイフル本田に行ったときの衝撃は忘れられない。上京して十年ほどたった二十八歳のころだ。そのおそろしいまでの物量に言葉を失った私をおいて、勝手知ったる友人は迷宮のような店内をさっさと歩いていった。こんなにあっていいのだろうかと心配になるくらい物があった。どっかの雑誌で、人気のスタイリストが郊外のホームセンターに行き、この土木用品と園芸用品を組みあわせると無骨でおしゃれな家具になるだの、これが現代のヒップな見立てだの、新たなエコだのと騒いでいたが、たしかにいたるところにある実用品が、私の雑貨脳と目配せをかわしつづけていた。よく行く美容室にあるウォータージャグ、古着屋の有孔《ゆうこう》ボード、花屋であきらかにディスプレイ用としてぶらさがっていたのこぎりやハンマー、カフェのマガジンラック、マーガレットハウエルに売ってるような黒いゴムバケツ。だがすべてが雑貨屋とはまったくちがう客層のほうをむき、まったくちがう顔つきで積みあがっている。ずいぶんまえに、トリノで哲学史を教えているガブリエラという知人が私の店にきたとき、三千円で売っていたイタリア製のじょうろを見て「これ、うちの近所のホームセンターで八百円くらいで売ってるわよ」と首をすくめて笑ったのを急に思い出した。

そんなぼんやりした考えも、工事途中でぬけだしニッカポッカをはいたままうろつく男たちが目に入ったとたん中断してしまう。彼らは足りなくなったセメントや木材なんかを必死で探していた。あたりまえだが、ホームセンターの本丸は雑貨ではなく、実用的な生活用品なのだった。そこにいかにプロユースな需要と、その真逆のちゃらちゃらした雑貨的需要を肉づけできるかが、おそらくこれからの業界の課題であった。まだまだ小さいがジョイフル本田にはフードコートもあるわけで、もうちょっと後者の雑貨サイドにかたよれば、ショッピングモールとの垣根はなくなっていくだろう。いままさに巨大なホームセンターにおいて、雑貨化する道とプロユースな専門店への道がせめぎあっているのだ。

とはいえ相反する両者にもふとまじわる瞬間があって、その筆頭はなんといってもマスキングテープのブームであろう。工事現場の塗装のときなどにつかう特殊なテープを、セロテープがわりにすると剝がしやすくて便利だし、なによりかわいい、ということで二〇〇七年ごろからじわじわと雑貨好きのあいだで広がっていった。ある友人は当時、「ジョイフル本田に行けば、たくさんの種類のマスキングテープが手に入る」という情報をもとに訪れ、工務店のおじさんたちにまぎれて懸命に物色したらしい。しかし、だれも見向きもしなかったマスキングテープを最初に転用しておもしろがっていた人たちの意志とは無関係に、あるときから需要と供給の歯車は高速でまわりはじめる。そしてあらゆる図柄のマスキングテープやその類似品がつくられ、十年足らずで飽和をむかえるとブームは収束にむかった。これは近年の雑貨の貪欲さをしめす、かっこうの一例であろう。

途方もなく広い敷地を歩きまわり、無数にある出口のひとつからふらっと外にでると、もうすっかり日が暮れていた。広場には庭木や果樹が植わった鉢が遠くまでならび、なま暖かい春の夜風が枝をゆらしている。友人が薔薇《ばら》専用の土を選んでいるあいだ、ふたたび無数にある入口のひとつから迷宮に入ろうとして、足がとまる。目がくらむほど明るい蛍光灯につつまれたその部屋には、アクリルの水槽が図書館の書棚のように整然とつづいていた。じーじーと大量のエアポンプの音がひびき、まるでそれが魚たちの動きをこまかく管理しているように思えた。自動扉が閉じるまえに私はひきかえし、ひとけの少ない暗い広場で友人が帰ってくるのを待つことにした。塩化ビニールのひもで編んだガーデンチェアを見つけ腰をおろしたあとも、目の奥で白い光と、じーじー鳴る音がしばらくとどまっていた。

遠くで看護師が私を呼ぶ声がする。はっと我にかえると、病院の熱帯魚たちが、白々しい天国のような世界でゆったりと回遊していた。もう中学生のころのように、魚たちを救いだそうなどという気持ちはどこからも湧いてこなかった。上京してから一度も生きものを飼ったことはないし、少なくとも魚を飼う選択肢はどこかに消えてしまった。命が宿っていることと、物を生きもののように愛し、そこに命を宿らせることとはまったくちがうはずなんだけど、あのときから私は、両者のちがいがよくわからなくなったのかもしれない。現に、目のまえで泳ぐリースの熱帯魚たちが、もはや生物なのか雑貨なのか峻別できなかった。

べつの診察室から、看護師がべつのだれかを呼んだ。私は立ちあがり、スリッパをパタパタさせながら水槽の横を通りすぎる。アクリルのむこう側で、なにかがひるがえって鈍く光った。

幽霊たち

私の店に一度もおとずれたことがなく、今後もおとずれる予定のない大半のひとびとに少しだけ。

店は東京二十三区の西のはし、杉並区の西荻窪にある。線路にそって西に進むと、十分くらいで市外局番が「〇三」から「〇四二二」に変わり、あと十五分くらいすれば、おそらく都区外でもっとも知られた街のひとつ、吉祥寺にたどりつく。以前、とある雑誌で「日本一住みたい街、吉祥寺VS日本一知りたい街、西荻窪」という目を疑うような特集があったが、前者はあっていても、後者の西荻窪が日本一知りたい街であるはずはないだろう。

たしかに西荻窪はちょっと変わった街だ。まず日本のニューエイジ思想から派生したあらゆるサブカルチャーが、いまも気づくひとには気づく程度にうっすらとただよっている。そのせいでもないだろうが大手の資本があまり入りこんでおらず、「この店、もうかってんのかなあ」と心配になる個人店がまばらに点在する。私の店もしかり。あとは骨董屋や古本屋、純喫茶なんかがけっこうある。

ちなみに、もうからないまま自営で何年かたつと、ちゃんとした商いを目指してスタートした大半のひとはやめていくが、そうじゃない奇特な動機のひとたちは、もうからない店を営みつつ商売人であることの矜持からどんどんとはずれていく。つまり表現系、修行系、社会運動系、精神世界系、コミュニティ系、哲学系……といった、さまざまなる愉快な自営業者の道へ進んでいくのだ。その一部始終をなんど見てきたことか。彼らはもうかってないはずなのに、淘汰《とうた》されない。まさに資本主義の幽霊たちである。そういったたぐいの店主は、地面から一センチくらい浮いているのですぐにわかる。西荻窪にもたくさんいて、最近、私もちょっと浮いている。もちろん名店といわれる器屋や料理屋などもいくつかあるが、全体的に影のうすい小さな街である。休日は中央線もとまらない。

十坪ほどの私の店には器、絵画、アクセサリー、服飾、本、人形、食品、植物、CD、レコード、文具、化粧品……その他あらゆる雑貨を置いているが「こういうかんじの物ありますか?」と聞かれてあったためしがない。古今に東西に聖に俗。高い物に安い物。たいした資金力もないのに、なるべく関係ない界隈の雑貨を、つまみ食いするように集めてみようともがいてきた。なんでそんなことを? 私のようなバブル崩壊後に社会人になった、いわゆるロスジェネ世代に特有の傾向なのだろうか。あるいはインターネットがひとびとを趣味趣向でわけへだてていく力を、思春期に目の当たりにしてしまった世代のトラウマなのか。でも、ぜんぜんうまくいかなかった。中途半端で、キッチュな品ぞろえの店になっただけだった。

こんなはずじゃなかったのに、どうしてだろう、とたまに閉店後の店で立ちつくすこともあった。小さいころ、いつも旅行先のホテルでビュッフェに行くと、興奮して一皿に和洋中の肉料理だけをあれこれとりまくり、テーブルにもどっていざ食べる段になると、なんだかむなしい気持ちになったのを思い出した。

もうキッチュな店でもいいや、とひらきなおったら安住できるのかと思いきや、そこにも壁があった。たとえばネイティブ・アメリカンのアクセサリーと萌え系の二次創作、実験音楽のレコードとディズニーをはじめとしたキャラクターグッズの同居は、家ではできても、店ではどうやっても成立しなかった。少なくとも、いまの私の度量では両者をつなぐコンセプトをこしらえることができなかった。あたりまえだが、表現といっしょでインプットはいくらしてもかまわないが、アウトプットはしぼりこんでやらなくてはならなかったのだ。カオスなままじゃ、観客になにも伝わらない。というか伝わるまえに店がつぶれてしまう。

どこかに、関係ない趣味趣向のひとびとをつなぐ通路があるはずだ、とロマンティックな夢をえがいてここまでやってきたものの、それは商売とはなんの関係もない、ひとりよがりな虚妄でしかなかった。そもそも実社会で偏向している人間が、社会をそのまま縮減したような店をつくれるはずがないのだろう。それでも、社会らしきものに近づきたかった。幽霊にはまだなりたくなかった。

そんなこんなで雑貨を売るほかに能がないのだが、店ではギャラリーもやってきた。しかし、ここ数年で「ギャラリーやってます」という言葉は、土地持ちが「駐車場を経営しています」というのとおなじくらいの意味しかなさなくなったので、語るべきことはほとんどない。世のなかは隙間さえあれば、どこもかしこもギャラリー化しつつあるので、そのうちマッサージ屋の天井も銀行のトイレもぜんぶギャラリーになるだろう。

夏のあいだ歩道に迷彩のような木漏れ日をつくっていたポプラ並木が、一夜にして区の業者に刈りこまれてしまったある秋の日、家の近所の小さな古道具屋のまえを通ると、道に面した窓ガラスが白い布でおおわれていた。以前、椅子やハンガーを買ったことがあったが、その日は定休日ではないはずだった。扉には鍵がかかり、壁には貼られた小さな紙片に、ほとんど見えない級数の文字でアポイント制になったことが告げられていた。あの店主になにかあったんだろうか、とホームページをのぞいたら、べつに改装中とか、ウェブショップに移行したとかでもなさそうだった。とくになにごともなかったようにブログだけが更新されていて、どれもヨーロッパの古いモノクロ映画について、とても端正な文章がつづられていた。たまに骨董市で仕入れた古道具の写真がぽつぽつとアップされている。窓が隠されてから店のなかを覗けなくなったが、ブログは自由に読むことができた。社会のあらゆる欲望がフィルタリングされ、まるで時がとまっているような文章だった。じつは物書きだったりして、などと想像してしまう。

なぜか店主のブログを読むようになってから、ときどき、じぶんの死について考えるときのように、店の終わりについても考えるようになった。もはや傍若無人《ぼうじゃくぶじん》な雑貨たちのせいで、なにが好きだったのかも忘れてしまったが、もしじぶんも、いつかほんとうに好きだった物を思い出して、それと店が固着し、そのせいで店が死んでしまうのなら本望として受けいれられるかもしれない、などと思った。そのとき私は、地上から何センチくらい浮かんでいるだろう。

最後のレゴたちの国で

「ほんとうに雑貨に興味あるんですか？　じつはそんなに好きじゃないでしょう」とたまに聞かれることがある。へらへらしながら「ありますよ」とか「ないですよ」とかてきとうに答えているが、内心うろたえている。なぜなら雑貨についてひとりで考えすぎて「雑貨に興味があるとはどういうことか」という意味が、ほとんどわからなくなっているからだ。十年以上も飽きもせず商いをやってるわけだから、まあ好きなんだろうけど、ほんとうに好きなのか、なにが好きなのか、好きとはどういうことかと考えはじめると、いつも不安になる。そしてかならずひとつの場所に帰っていく。

私がレゴに出会ったのは幼稚園の年長のころだ。園ではだれとも話せず、泣いてばかりいた記憶しかない。泣きながら井出ゆかり先生のひざに頭をもたせかけ、あー家に帰ってレゴがやりたい、ひとりでレゴをやらせてほしいと願った。帰宅すると二階の自室にはいあがり、五つうえの姉からゆずりうけた籠一杯のレゴをひっくりかえして遊んだ。夕日に満たされた部屋が暗くなって、白と灰のブロックの区別がつかなくなるまで。

基本は八ドットの長方形のブロック。ドットで埋まった緑の平原に、それをひとつくっつければ平屋。二段積みあげれば二階建ての家になる。やがて集落らしきものができ、街が見えてくる。そして家と家のあいだを指で遊歩するのだ。まだほとんどにも知らされていない世界から私が知りえた、数少ない風景やひとびとの営みのかけらが、指の動きのなかで瞬間的に再現された。「てくてくてく」とか「ひゅーん」とかいって指をドットにそわせているだけで、理由もなくなにかが頭を埋めつくし、レゴからはなれられなくなった。実際、私がレゴをやめたのは十年後の中学三年の終わりであった。

ファミコンのカセットはしぶる親も、レゴなら首を縦にふった。誕生日やクリスマスのたびにレゴをねだりつづけ、気づくとじぶんの体重をこえる量にまで増えていった。まちがいなく、町内では一番多くレゴを所有していた自負がある。

小学校に入ると、指ではなくレゴの人形で遊ぶようになった。あのおなじみの黄色い笑顔のやつだ。とても精巧につくられていて、人形自身の頭をすぽんとぬいて、U字の手にその頭をもたせることだってできた。小学二年のころにはレゴ人生における生涯の同志と出会う。隣家に住む、幼なじみのKというおでん屋の息子であった。ねんど細工に飽きつつあった彼は、私の家に溢れかえるデンマーク製の知育玩具にとりつかれたのだった。それは気高く自由で、なにより美しかった。

レゴには街シリーズと騎士シリーズと宇宙シリーズがあり、私たちは騎士シリーズの世界観をベースに、街も宇宙も共存する微妙なバランスの世界を維持しつづけた。ライオン軍、コンドル軍、そして両軍の争いが終息した数年後に登場した、ブラックナイト城に巣くうドラゴン軍。つづいて海賊シリーズがでた。その年のクリスマスには、一番でかいフック船長の海賊船を買ってもらう。海賊シリーズにしかないナックルガードのついた片刃の剣は、ふたりの合議をへて、もっとも強い武器として認められ、黒はなによりも頑丈な物質である、という不文律もこのころ生まれた。手には宇宙シリーズでだけつくられている黒いグローブを籠手《こて》としてつけた。また街シリーズのレッカー車や港湾のクレーンなどについている黒いロープとウインチを、主人公の古城の裏にとりつけ脱出口にした。

レゴ原理主義者となった私たちはカルト化しはじめ、「レゴを一個ももってないやつとは遊びたくない」といいつのるようになる。レゴはデンマークが生んだこの世でもっとも偉大なおもちゃだと信じて疑わなかった。大人になったらレゴランドに行って、レゴ工場で働く覚悟を親に伝えたくらいだ。もちろんドイツのプレイモービル派の存在は認めなかった。「なんかでかいし、足も地面にくっつかんし」。ダイヤブロック派なんていう恥知らずとは、関わるのもいやだった。「新幹線のブロックとかめっちゃかっこわるいやん。せこいで」。幼いながら、わかりやすい卑近なモチーフで子どもたちをまどわすような商業主義に、うんざりしたのだ。

レゴだけを狂ったように愛した。小学校も高学年になったころには海賊シリーズの宝箱に入っていた金貨が流通し、街では商売がおこなわれた。もちろん、それだけではデフレがおきるので、紙の紙幣をつくって物価の安定化をはかった。

たまに道場破り的に、レゴを愛する同志が私の家をたずねてきた。戎野《えびすの》くんもそのひとりだった。戎野くんはまじめな男で、オールドスクールな宇宙シリーズを中心とした、独特な世界をきずいていた。たとえば何年もまえに生産が終了した巨大な宇宙船にだけついている、希少な透明ブロックを多数所有し、それらで小さな水晶宮のような住まいをつくっていた。われわれ以外にもレゴの求道者がいたことに心が躍った。

しばらくすると、Kとふたりで戎野くんちによく遊びにいくようになる。すべての部屋に猫の毛とキャットフード、そしてなぜか釣り道具が散乱していた。ミュージシャンでロン毛の、年がはなれた兄がいて、ペイズリーのシャツやインディアンブーツが脱ぎ散らかされた彼の部屋には、SM雑誌がたくさん積んであった。どのページにも、かなり高いレベルで人の道をはずれた変態写真が満載されていて、おかげで戎野くんちのほこりまみれのレゴを思い出すと、隣室からただよう背徳的な空気がよみがえってくる。まあSMはいい。レゴの話をしよう。

全盛期には戎野くんだけじゃなく、鷹ノ子《たかこ》町に住む多くの子どもたちがレゴで遊び、大小いろんな並行世界をきずいていた。みんなそれぞれの主人公をつれて家々をゆきかい、設定が微妙にことなったパラレルワールドを、レゴの魔法が一瞬でつないでいった。しかし、中学にあがるころにはほとんどの者が、冬の気配につつまれた避暑地の山荘のように、レゴ界の扉をつぎつぎと閉めてしまう。気づくと、レゴを手放さなかったのは私とおでん屋の息子と戎野くんだけになった。とはいえKだって野球部で忙しく、戎野くんも『ウィザードリィ』という気がめいるような陰気なゲームに没頭し、三人のレゴ世界もだんだんしぼんでいった。

中学二年のころには、私も背信者となった。毎週、電動ガンという凶悪な武器をもって墓場に行き、レゴも知らない野蛮なクラスメートたちと、ノールールのサバイバルゲームに興じた。そこではレゴの守護神はまったく役にたたず、BB弾が三百個入るように改造した弾倉を、アサルトライフルにぶっさして必死に戦った。私は学校のじぶん、塾のじぶん、レゴのじぶん、サバイバルゲームのじぶん、あらゆるじぶんにわかれていく。

中三になると受験戦争にのみこまれ、ある日、レゴで遊ぶ私の手はとまってしまった。いや、正確にはレゴの見えざる神の手に放逐《ほうちく》されたのだった。人形を右手と左手にもって、会話をしたり、武器を手に決闘をしたりすることは、われわれの意志ではない。ためしにやってみればわかる。大人になったあなたの右手と左手は、まったく動かないはずだ。動いたら逆に病名がつくだろう。レゴで遊ぶ手がとまったのは、ましてや私が忙しいからじゃない。レゴを信じる心を失い、レゴの神に見放されたのだ。プラスチックでできた黄色い人形は無機物であり、かってに動いたり話したりするわけがないじゃないか、と十五歳になってやっと気づいたのだ。みんなはもっとまえから知ってたんだろうけど。レゴ三銃士も解散した。そして、みんな別々の高校に進んでいった。

レゴの話はもうちょっとだけつづく。Kは中学卒業ごろからK-1の佐竹にあこがれ、高校にあがってしばらくすると正道会館で空手を習いはじめた。毎朝、ホンダのタクトで登校し、喧嘩にあけくれていたらしい。卑猥《ひわい》な名前のパンクバンドを組み、海パン一丁でライブをしては、ときどき全裸になって客席にダイブしていた。なにがあったか忘れたが、Kは一年生の途中で謹慎処分となり、そのまま自主退学している。彼の家はバンドメンバーや不良たちのたまり場となり、たまに顔をだすと服からヤニの匂いがとれなくなった。おたがいしぜんと疎遠になり、私もレゴの呪縛をふりはらうように、高校の友人たちとのバンド活動にのめりこんでいく。もちろん彼らにばれないよう、レゴは物置き部屋のどっかに隠してしまった。

ちょうどレゴの神に捨てられ音楽の神に拾われたころから、大学は東京に行くことを考えはじめる。行ってみたい大学も高二の夏にあっけなく決まる。試験勉強に疲れはてた夏休みの夜、NHKを見てるとハナタラシと名のる小汚い男たちがでてきて、たしか八〇年代に活躍したバンドのライブ録画とのことだったが、彼らは轟音をたてながら、とある私大のステージにひたすらドリルで穴をあけていた。私は食べかけのおっぱいアイスに吸いついたまま釘づけとなった。衝撃がでかすぎてなんのことだかわからなかった。いや、いまでもまったくわからないが、ひとまず高校の友人たちと必死で耳コピしていたメロコアバンドより、よっぽどパンクやないかと、その会場となった大学に入ることに決めた。

とくに紆余曲折もなく、東京でのひとり暮らしがはじまった。と思いきや、さっそく外食産業の快楽におぼれ栄養失調となってしまう。いつまでたっても友人はできず、しばらくするとホームシックにもかかった。そんなある夜、テレビを消音でつけながらベースの練習をしていたら、母親から電話があった。

「元気でやってるか」

「ああ、楽しくやっとるよ」

「あのな、実家、売ることになったから。そやし、輝ちゃんのレゴ捨ててええか。もう遊ばへんやろ」

実家が突然なくなるなんてことがあるのだろうか、とおどろいた。そのショックは、かってにレゴを捨てる母への怒りにすぐに転化する。たしかに「もう遊ばへん」わけだが、断じて許せなかった。家はまあしょうがない。私にはあずかり知らない事情があるんだろう。だが、なにがなんでもレゴを捨てるわけにはいかない。それには少しわけがあった。

当時、伊予弁の過剰なコンプレックスからか、クラスのオリエンテーションでもだれとも話せず、かといって幼稚園の年長のころのように井出ゆかり先生のひざ枕もなく、とにかく孤独であった。くわえて、あまりにもひまだった私は、いつも吉祥寺の街を徘徊してすごした。ユニオンで試聴し、タワレコで試聴し、パルコブックセンターで立ち読みし、最後は大学の図書館で借りた本を、井の頭公園のベンチで読んで時間をつぶした。東端《とうたん》の井の頭公園駅のあたりから、テニスコートのある南のはしまで、座ったことのないベンチがないくらい、ほっつき歩いては腰を下ろし、本を開く毎日。桜が咲きはじめるころから散り終わるまでのあいだは、毎夜のごとく公園の花見客たちのにぎわいを眺めて心を温めた。あたりまえだけど、私に話しかけてくる者はだれひとりいない。そんな幽霊のような日々のなか、たまたま入ったサンロードのひなびたおもちゃ屋で、レゴと再会したのだった。

私がレゴ界からはなれて三年がたっていた。そのあいだにブラックドラゴン軍は影をひそめ、ハリー・ポッターシリーズがはじまっていた。剣ではなく魔法の時代がきていたのだった。目が点で、鼻がなく、U字の口がえがかれた、おなじみの黄色い顔はなくなりつつあった。口をへの字に曲げたり、ウインクしたり、赤い髭をはやしたり、白骨化したり、私が目をはなしてるすきにやりたい放題だった。ダイヤブロックの二の舞にはなるなよ、と語りかけた。一時間くらいかけて、私は騎士シリーズの外伝的な「森の人シリーズ」からひとつ選ぶ。農民の隠れ家。もう買った時点で、ちょっとむなしかった。部屋に帰って組み立てていると、涙がでそうになった。

私は、黒い頭巾をかぶり蔦《つた》みたいなものをふりまわす農民を左手、用心棒として農民たちに雇われた狩人を右手にもってみた。農民は狩人になにを話していいのかわからず、狩人も農民たちをだれから、どうやって、なんのために守ればいいのかわからなかった。手も、心も、物語もびた一文、動かなかった。私のレゴの神はほんとうに死に絶えていたのだ。高校時代、クラスメートにバンドのパー券を売りつけたり、「ビブロス」とかいう東京風のクラブにきたケンイシイのＤＪで馬鹿みたいに踊りあかしたり、素行の悪い女の子に恋したり、東進衛星予備校の洗脳的なビデオで英語構文をおぼえたりしてるあいだに。

「で、どないすんの」

電話口で母親が話している。

「捨てんといて」と語気を強めた。捨てるわけにはいかない。

「ほな、東京に送ったんでええんやな」

「いや、Kにぜんぶあげるわ」

「あげるって、やまほどあるで。そんなんKくんもいらんやろ」

大学に入ってはじめての夏休み。帰郷してすぐに、私は米俵ほどの重さがあるレゴを台車にのせKの家をたずねた。私の家のななめ後ろに彼の家があり、私の部屋から屋根伝いに行き来できる距離だったが、着いたころには汗がふきだし台車の取っ手から鉄の匂いがした。ふたりでレゴをした実家に泊まるのもこれで最後か、ということはKの家にくるのだって最後かもしれない、などと考えた。外で水槽のそうじをしていたKの母親に声をかけると「あんたー、三品くんきてるでー」と小学校のころから変わらぬ調子で息子を呼んだ。

引っ越し業者に就職したKは黒く焼け、ひとまわり大きくなったような気がした。近くの温泉旅館の遊技場で、彼のおやじは長年おでん屋を営んでいたが、息子は継がなくてもよかったのだろうかと少し心配になった。遠くでずっと芝刈り機がうなる音がしている。今日きた事情を説明すると、レゴを満載した三つのプラスチックのケースを一瞥《いちべつ》して、困ったような顔をした。しばらくして「ええよ。いつでも返すけん。それまで預かっとくわ」と答えた。

ありがた迷惑とは、まさにこのことをいうのだろうと深く後悔した。東京に送ってもらったほうが、よかったのかもしれない。もうすぐバンドのメンバーが家にきて、みなでリハに行くらしく、Kは玄関先で煙草をふかしながらそわそわしていた。車のエンジンをかけにその場をはなれ、もどってきてもう一本煙草に火をつけた。私もバンドメンバーと鉢あわせするのは気がすすまなかったので、早々に別れた。Kはもうレゴで遊ばないだろうと思った。しかたない。それは私とておなじなのだから。路地をまがる直前、若い女が私の横を通り過ぎた。後ろでKの車にだれかが乗りこむ音がした。

Kに最後に会ったのは翌年の秋だ。二十世紀もあと数か月で終わろうとしていた。突然Kから「こっち帰ってくるんやったら連絡くれや」とメールがきたのだった。メールのやりとりなどはじめてだった。空港まで車で迎えにきてくれたKは、ますますたくましくなっていた。引っ越しの実働チームのなかでリーダー的な地位についたらしく、ヤンキーあがりのいきがったやつはだいたい使いもんにならん、とぼやいた。空港から海沿いの旧道を走り市内へ入る。私の新しい実家は市街地のどまんなかにあった。

「見せたいもんあるけん。先、おれんち寄ってからでええか」

車は街の中心部を通り過ぎ国道一一号線を南下した。紅葉に包まれた石手川《いしてがわ》を渡る。ふいに肌寒い風が車内に吹きこんできて遠くの椋《むく》の林を見たが、まったくゆれていなかった。

「レゴ、ちゃんと預かっとるけん」と小さい声でいった。

「ごめんな、へんなもん託して。あげれるやつ、Kしか思いつかんかっただけやし。もう返さんでええけん。いらんなったらいつでも捨ててな」

スーパーABCを目印に国道を折れ、私たちが育った町にもどっていく。世紀末の鷹ノ子町は、時間がとまったように静かだった。私たちは玄関を通らず、Kの部屋のベランダからなかに入った。

ギターやレコード、きったない灰皿や雑誌であふれかえった暗い部屋のなかで、私は言葉を失った。棚という棚にたくさんのレゴが飾られていた。海賊シリーズの船を土台に、騎士、宇宙、街の部品をたくみにくみあわせた飛空艇。蔦におおわれた公園。キャンピングカー。月面基地。城。正方形の板に生いしげる森と山小屋。あまたあるレゴの部品をすべて知りつくしたKにしかつくれない作品ばかりだった。あの卑猥なバンドメンバーたちもKの情熱によって開眼し、全員でレゴづくりにいそしんでいらしかった。レゴの神は私たちを、いや少なくともKを見捨てなかった。

いまでもときどき年賀状がとどく。毎年ではないけれど。あけましておめでとう、につづくレゴの一言だけで心はつながっている。あれから一度も会ってないし、一度のメールもない。

「結婚しました。いま上《かみ》さんにレゴ、しこんどります」「結婚おめでとう。東京にレゴ好きな女の子なんておらんで。おれもいつかそんな子に会ってみたいわ」

「最近のレゴのハリー・ポッターシリーズどう思う？」「レゴがダイヤブロック化したらいややな……。あの象牙色の杖と墓守の道具は魅力的やけど」

「こないだ戎野に会ったけど変わってなかったで」「あいつももうレゴは捨てたんやろな。ええのいっぱいもっとったけん、ぜんぶ盗んどけばよかった」

「レゴのスター・ウォーズシリーズってどう思う？」「レゴも時代の流れには勝てんのかいね。東京ではレゴ展いうんがやっとるんやけど、おしゃれなレゴブームがきてて許せんわ。あいつらぜったいおれらみたいに遊んでないけん」

「子どもが生まれました。三品から預かったレゴ、しこんどります」


レゴは教えてくれる。私たちが幼いとき、なんのきなしに心にためこんだ景色が、長い年月をかけて風雪をしのぐ部屋となり、緑の平原となり、平屋となり、二階建ての家となり、やがて街となり、そのひと自身となっていくということを。また子どもと子どもの出会いと別れは、なるようにしかならないということも。

でも、もしもこの世にレゴがなくて、ただ隣どうしの家に生まれ、出会い、親しくなったのなら、おでん屋の息子と私はもっとはやくにおたがいを見失っていただろう。
そして私も、雑貨屋なんてやってなかったと思う。

落葉

高校一年の秋、はじめてひとり旅をした。入部してしばらくして「おまえがいると和がみだれる」という理由でバドミントン部をやめさせられ、そのままむかえた夏休みに岩波文庫の『伊豆の踊子・温泉宿』を読んだ。くるおしいほどの恋はもちろん、ひとり旅すらも経験がなく、主人公の踊子にたいする恋心や、全編にわたって若書きされた旅情もまったく理解できなかった。もちろん船上の涙の意味も不明のまま、最後の一行まで味のない懐石料理を食わされているような感じであった。ただひとつ興味をそそられたのは巻末の作家年表だけで、こういう文章をものすることと、ものした者が数十年後に自死してしまった、という巡りあわせについてであった。

行きたくもなかった辺鄙《へんぴ》な高校で、いまだ女性も旅も知らず、運動も集団行動もできないと烙印を押され、逃げこんだ先の小説すらも理解できないとはどういうことか。

どんづまりにあった私は、主人公の青年に憑依《ひょうい》して、あるいは旧制一高時代の川端になりきって、人里はなれた旅館に行き、ひとりっきりで温泉に入って「いい湯だなあ」とため息をついたり、着たことのない浴衣というものをはおって、渓流のせせらぎを遠くに聞きながら『伊豆の踊子』を読んだりすれば、なにかひとつくらい悩みを打開できるかもしれない、という阿呆《あほ》な妄想であたまがいっぱいになった。その後たびたびおそわれることになる文人プレイ熱のはじまりでもあった。

秋がおとずれたころ、私は母に頼んで、バスやホテルの手配からお金の工面、フラッシュつきの「写ルンです」の調達まで、ぜんぶの準備をやってもらった。というわけで、ひとり旅でもなんでもないわけだが、数少ない友人たちに「ひとりになりたいけん、ちょっとN温泉に行ってくるわ。探さんといてな」とつげまわることで、なけなしの気持ちを高めた。

バスの車窓には針のような雨が降っている。前日はうまく寝つけず、明け方まで「温泉宿」を読みなおしていた。でも季節が主役であることに気づくこともなく、ただ酌婦《しゃくふ》の生々しさにあてられ、ますます目が冴えていくだけだった。おかげで、バスが海沿いの国道から西に折れ、薄暗い山道をわけいるあたりでぐっすりと眠りこけた。目が覚めたときには、さっきまでの大きな山をこえて、眼下に灰色の霧に埋もれた盆地が見え、その先に白い煙をたなびかせる温泉郷がひらけていた。いそいで窓を開け「写ルンです」をふりかざす。だが生まれてはじめてのフラッシュは濃い霧にはばまれ、幽霊のような白い影しかとらえることはできなかった。

オフシーズンなのか、折り鶴の柄の、毛足の長い絨毯がしかれた宿のロビーには老人しかいなかった。フロントで鍵をもらうときに、にやにやした黒服の男に「お客さん高校生には見えませんね。こんなところになんしにきたんですか」と問われたが、「いや……」といったきり口ごもってしまった。逗留しているあいだ、若者がめずらしかったのか、私のようすがへんだったのか、いれかわりたちかわり着物や割烹着《かっぽうぎ》や清掃の作業服を着た女たちがやってきて、なにしにきたのかをたずねてくる。しまいには女将までできた。『伊豆の踊子』の青年のようにうまく世間話をしたいのだが、口は「ええ」と「はい」しか動かず、すぐに話はつきてしまう。帰ろうとする女将に勇気をだして、温泉以外にどこかおもしろいところはないかと聞くと、村が建設したばかりの世界一長いすべり台をすすめられた。

女将がでていったあと、もうしわけないが、私はそんな子どもだましのすべり台をすべりにきたわけではないと、浴衣の上着をはおり、渓谷に面した窓際のソファでさっそく文庫本をひろげる。しかし、渓流の予想を裏切るうるささのせいだろうか、小説は一文字たりとも頭のなかに入ってこなかった。部屋に案内されてからずっと、古い窓ガラスががたがた震えている。しかたないので、川端がどうやって亡くなったのかを年表で確かめたりしていると、なんともいえないむなしさが、馬鹿みたいに叫びつづける川のとどろきのなかでふくらみ、ふと、こんなところにきて死んだりする者もいるんだろうかと思った。さっきから従業員がつぎつぎと部屋に入ってくるが、そういう事情と関係しているのではないかという不安がめばえると、部屋でじっとしているのが怖くなった。

雨があがるのを待って、いそいで外にでた。村の南側の丘をのぼりきったときには、すでに夕日が温泉街の瓦をにぶく輝かせていた。遠くの空を音もなく渡り鳥の群れが飛び、紅葉した林の梢《こずえ》から湯けむりが見える。気がつくと、私は果てしなくつづくすべり台のまえにいた。なにも考えずにスタートラインの鉄板に腰をかけ、傾斜に足をなげだして降下する。そしてすぐに、着陸地点まで何千本とつづくローラーが、さっきまでの雨で水滴をまとっていることを知った。ひたすら尻を濡らしながらすべった。世界一長いせいで、何分たっても尻は濡れつづけた。背中まで水は浸食し、がたがたとやかましい音をたてて落下しながら、こういう感覚を幼いころも味わったことがある、と思った。というか私はこの類のむなしさを、小さいころから、そして高校に入ってからもずっと味わいつづけてきたような気がした。

山すそに着地したとき、振動で痺れてなにも感じなくなった尻には、たくさんの落葉がへばりついていた。急いで公衆便所に駆けこみ、Tシャツとチノパンを脱いで雨水をしぼる。生まれてはじめての自撮り写真は、トイレの前のベンチで、左手に落葉をもったトランクス一丁の痩《や》せ男が「写ルンです」を睨《にら》みつけていた。フラッシュで目が光っていて、泣いているようにも見える。

その夜、ハックルベリー・フィンの冒険のように、筏《いかだ》で大河を下っていく夢を見た。神話的な雰囲気につつまれた筏のうえには、タープが張られ、私はその下で火を焚き、だれかといっしょにカレーをつくっている。しばらくすると眼前に滝があらわれ、そのまま、とても優雅な放物線をえがいて落下していく――。そこでとつぜん激しい痛みをおぼえ、目が覚めた。

とっさに、焼けるように熱くなった頰をはたくと、巨大な虫が飛びたち部屋の四方で羽音をたてた。はだけた浴衣のまま籐で編んだ屑籠《くずかご》をふりまわし、数分の格闘ののち床にとまった虫に覆いかぶせる。なかで狂ったようにあばれまわる音の主に、なぜか毒殺される気がしてならなかった。動転した私は、ポットに入った熱湯を籠のうえからかけ、音がしなくなるまでやめなかった。そして腫れて熱をおびた頰を小豆枕にうずめたまま、布団にくるまって朝がくるのを待った。もちろん本など一寸も読めない。うつらうつらとしながら、日中はあれほどうるさかった川音が、あまり気にならなくなっていることを不思議に思った。翌朝、屑籠を動かすと小さな黒い虻《あぶ》が死んでいた。湿って黒ずんだ畳にむかって、恐るおそるフラッシュをたき「写ルンです」におさめた。

旅は終始ろくなことがなかった。翌日も吊り橋のある山道で迷子になり、その翌日に行った私設の美術館も、オフセットのロイ・リキテンスタインのポスターがえんえんとならぶひどい代物だった。N温泉はずっと退屈でむなしく、頰は腫れ、秋だけが深まり、文学は役立たなかった。ここじゃないどこかにあるかもしれない、と思っていたものはなにもなかった。でも帰りのバスで私は考えつづけた。学校の友人たちに対して、どう嘘をつけば今回の旅が楽しかったことにできるかを。

旅は反復しつづける。濡れた世界一長いすべり台、尻の落葉、地元実業家による現代美術館、死んだ虻、一行も読めなかった小説などから放たれたむなしさは、あらゆる旅先で私を待っている。小淵沢《こぶちさわ》の枯れ野で、飛騨高山のラーメン屋で、パリの移民街で、ムラーノ島の中庭で。いつだって先回りして私を待っていたのだ。そのたびに、むなしさだけが小さいころから変わらない唯一の真実なのかもしれないと思った。あるときからはそのなつかしい影法師の安否を確認するために、旅をするようになった。ふとした瞬間にそれはおとずれ、古い友人に再会したときのような安堵感のなかで、生きることを素直に肯定してくれる気がした。

あわよくば、秋という名の私の店でも、うらぶれた彼らに出会えたらと思うことがある。こうやって言葉にしたところで、だれかにうまく伝わるのか心もとないが、通奏低音のように、そのむなしさが店に流れていることを切に願う。

文庫版あとがき

六年後のルノアールで

二〇一七年に『すべての雑貨』をだした三年後、『雑貨の終わり』（新潮社）という本を書いた。ところが、まず冒頭で「雑貨化はほとんど完遂され、物が雑貨じゃなかったころの世界を私はうまく思い出せない」という前置きからはじめなければならなかった。東北を襲った巨大な地震から十年近くが過ぎ、街は謎の疫病におおわれつつあった。さまざまな問題において二項対立はますますはげしくなり、それを横目にテクノロジーはめまぐるしい進化をとげていった。われわれをとりまく社会——メディアのかたち、商習慣、政治経済の状況、ひととひとの関係……ありとあらゆるものが急速に変わりだしていた。

もちろん私たちが物をとらえるときの感覚そのものも、気づかぬあいだに刷新されていく。物と雑貨はニアリーイコールでむすばれ、目のまえに置かれたすべての物が、以前とは根源的にちがった意味や価値をはらんでいるのがわかる。でも、わかることと、その変化を具体的に記述することには、あたりまえだけど大きな開きがある。大河に流されている者が、その水の流れる速度を測ることができないように、じぶんの言葉じたいが、すでに三年のあいだですっかり変容し、ゆがみつづけたせいで、変わりゆく物の世界を正しくとらえることがむずかしくなっていった。

徐々に私は、あれが雑貨化していて、これは雑貨化していない、といった啓発に大きな意味をみいだせなくなり、やり場のない怒りも潮が引くように消え去って、それなりに安定してきた売上をただただ維持するだけの、しがない自営業者としての毎日に沈んでいった。それはまさに私がかつて「雑貨によってしくまれた罠」なんて呼んだ精神状態に近かったのかもしれない。雑貨なんて、なんだっていいじゃないか、とわれにかえるような無気力なかんじ。

ともあれ『すべての雑貨』を読んでくれたとある編集者から、次作を自由に書いてみてほしいと頼まれたとき、正直いって、心はからっぽであった。「雑貨とはなにか」などという珍妙な問いを、だれがほっしているのか？　雑貨化してこまるひとなんて、いったいどこにいるのか？

『雑貨の終わり』をいま読み返すと、『すべての雑貨』のときのような、雑貨へとまっすぐ立ちむかっていく無邪気な足どりがほとんど失われてしまっていることがわかる。かわりに、ますます霧深くなってしまった世界でなんとか目を凝らし、結論のない問いの周辺をうろつきながら、その先々で感じたかすかな感情のゆれを一個一個、言葉に置きかえていくような文章がつづいている。読み終えた知人のひとりが「デトロイト・テクノみたいだ」とブログに記していたけれど、たぶん全体的に仄暗《ほのぐら》く、淡々としていて、ユーモアも薄まってしまった私の文体をさししめしていたのだろう。とはいえじぶんとしては、ただ夢遊病者のようにさまよっていたわけではない。うまくいったかはともかく、ここまで生きてきた時間の片隅に、雑貨化の網の目から一瞬だけでも逃れでる方途をずっと探していたのだ。

小説家の堀江敏幸さんは、そんな私のデトロイト・テクノ的な探索を、『雑貨の終わり』の書評「忘れられへんから」のなかで、こう汲みとってくれている。

「世界の「雑貨化」にあらがうのは、ひとりひとりの身体に染みついた記憶であり、積み重ねてきた時間なのだ。売る側であれ消費する側であれ、それは関係ない。他人の物語を受け入れる耳を持ち、自身の物語を人に押しつけず、双方を包む言葉に近づくこと」

（『波』二〇二〇年九月号、新潮社）

そこからさらに三年が過ぎた。『すべての雑貨』からは、六年の月日が流れたことになる。たったの二千日くらいなのに、ずいぶん遠くまできてしまった気がする。なんだか最近は、じぶんがほっしたものごとが、目のまえのブラウザ上にすでに用意されているような、奇妙な体験が増えたように感じる。買い物履歴をたよりに、おせっかいな人工知能がいちいち商品をすすめてくるのとはちょっとちがう。かきわけても、かきわけても、だれかが先まわりして、手にいれたい物を配しているような感覚がぬぐえないのだ。ああ、こういう物がずっとほしかったんだ、と思いながら、ほんとうはだれかがあらかじめ設置した物へむけて、私は無軌道に運ばれている……そんな陰謀論めいた不安から逃れられないのも、たぶん長引く疫禍《えきか》で精神が陰ってきたせいなんだろう。

だから以前のように、GAFA《ガーファ》やそれらに追随する業者が消費者から集めた情報の雲のなかに、じぶんがいまどれくらい内包されてしまっているのかを、いちいち勘ぐることにも疲れてきた。どこまでが私の欲望で、どこまでが資本につくられたものなのか……なんて青臭い話は、もういいじゃないかと。もし消費文化論の教科書なんて物があるならば一番最初にでてくるような、そんな初歩的な問いかけそのものが、いつのまにか蒸発していて、もどってこない。

さらに、ここ数年「不要不急の外出をおひかえください」という警句を耳に胼胝《たこ》ができるくらい聞かされたせいなのか、このご時世に、路面で不要不急の最たる物であろう雑貨を売ること自体がノスタルジックなロールプレイにすぎず、よって雑貨屋の店主が語るべき余白はもうどこにも——たとえ文芸というささやかな領域でさえも残されていないのかもしれない、などと考えるまでになった。思い起こせば先日も、とある編集者から「そろそろ雑貨化の話は、いいんじゃないですか」とやんわり諭されたばかりだったし。

そして私はいま、吉祥寺公園口の古いルノアールにいる。このたびの文庫化にあたって、隅から隅まで『すべての雑貨』を読まねばならず、国会議事堂にあるようなべロアの椅子に腰かけながら、甘ったるい編曲をほどこされたクラシック音楽にあわせて、店内にもうけられた人工池の蹲《つくばい》が小水のような音を奏でているのを聞いている。ちょぼちょぼちょぼちょぼちょぼちょぼ……。

この街で私が心落ちつく場所は、もはやここぐらいしか残されていない。同店は直営店ではない数少ない独立系のルノアールらしく、そのせいなのかは不明だが、制服も内装もサービスもなにもかもが十数年まえで時を止めている。ワイファイはいっさい飛ばず、ときおりダイヤル式の電話がりんりん鳴っている。レトロな紺碧《こんぺき》のタイルにおおわれたトイレには和式の便器しかなく、店の奥から紫煙の切ない香りが漂ってくる。

『すべての雑貨』を通読するのはこれで二度めだ。文章を書くとはどういうことかも露知らず、思いの丈を自由に書き散らかした原稿を苦々しくたどりながら、店が歩んできた十七年間を思いかえしていった。少なくとも経済的には、とくに大きな発展はなかったし、もちろん従業員は零《ゼロ》。じぶんじしんの成長があったかどうかもさだかじゃない。ただひとつわかったのは、かつて私のなかに巣食っていた、ずいぶんと拗《こじ》れたいくつかの情熱がもうほとんど残っていない、ということだった。

つぶれたあと、お客に「あの店主、いったいなにがやりたかったのだろう」といわれるような、何年たっても統一感のない未成熟な店を維持せねばならず、そのためには、あらゆる意味において中途半端で、どこにでもありそうな、でも見方を変えるとわけがわからない品ぞろえ――まさにわれわれの混沌とした社会の似すがたそのもの――へとむけて突き進み、そんな状況に対する揶揄やら無理解やらに耐えしのぶ覚悟をもたねばならない……とかなんとか、とち狂った自意識をふりまわしていた二十代をなつかしんだ。あのころもっとも軽蔑したような、貯金通帳を毎月にらみながら、見ばえのよい、こぎれいな物をちまちまならべて悦《えつ》に入《い》っているような商売人に、現在の私は近づいていないだろうか。そう思うと、胸が苦しくなった。

しかし、だれにも伝わらないような倫理や美徳を、どこかで見殺しにしてしまったことへの贖罪《しょくざい》の念からなのか、後半を過ぎたぐらいから、もう言葉も思考も追いつかない速度でふくらんでしまい、すっかり考えることをあきらめていたインターネット大銀河について、もう一度ちゃんとむきあわないかぎり、じぶんはどこへも行けないような気持ちでいっぱいになった。

それはウェブショップを拡充するとか、最新のSNSにとびついて架空の読者にむけ語りはじめるとか、そういうことじゃない。以前にも増してにぎにぎしく光り輝くようになったウェブ上の星座が、あらためて私の小さな雑貨屋に、あるいは実生活になにをもたらそうとしているのかを知らなくてはならないという、あくまで個人的な切迫感にもとづくものだ。だから、何度もなんども読書を中断しながら、錆びついた望遠鏡をとりだしては、おのれの店から何万光年もかけはなれたインターネット上の虚空をあおぎ見た。そして『すべての雑貨』から六年後の、すっかり変わってしまった世界に思いをめぐらす。

小学生だったころ、尻の下を流れるトイレの渦と遠い大銀河の渦には、相同する自然の力がつらぬいている、なんて話を理科の先生から聞いたことがあった。もしあれがほんとうなら、時代錯誤な雑貨屋にだって、日々、目のまえで起こる小さな売り買いをつぶさに見つめ、それらを深いところでささえている欲望の正体を想像しつづけることで、私たちをとめどなく押し流していく大河の水音をふたたび聴くことができるかもしれない。

ほとんど忘れていたけど、六年まえの本にはこう書きつけてある。たとえ滑稽でも、意味はなくとも、「じぶんが立っている足元を疑いつづけることを放棄してはならない」——。その埋《うず》み火《び》のような言葉がいま、ルノアールのとぎれぬ水の音とイージー・リスニングの調べをくぐりぬけ、未来で立ちつくす私へ、まっすぐにむかっていく。

三品輝起

二〇二三年二月

解説

小さく、遅く、むなしい、遁走

荒内佑

本書を三回読んでみた。最初はデータで、二回目は紙のゲラで、三回目はスピードを上げて、付箋《ふせん》をペタペタと貼り、傍線を引き、メモを書き込みながら。そして、なんとなく意味を摑んだつもりでいたのに、読めば読むほど『すべての雑貨』がどんな本なのか分からなくなってくる。雑貨とは何か。雑貨感覚とは何か。雑貨化とは何か。雑貨屋を営みながら、雑貨化する世界を前にして著者は、雑貨のことをどう思っているのか。次第に霞《かすみ》が深くなる。これも雑貨の罠、雑貨の病なのだろうか。

確かなのは、本書は「雑貨そのもの」について書かれた雑貨の紹介本でも、世界中の雑貨を探し回るような冒険譚でもない。そうではなく「雑貨をめぐる状況」について書かれたエッセイだ。社会学でも、経済学でも、考現学でも、消費文化論でもなく、エッセイ。もちろん今挙げた要素は全て入っているが、アカデミックな方向に行きそうになる手前で、踵《きびす》を返し、西荻窪の雑貨屋に帰ってくる。広大な思索や考察をくり広げても、あるいは遠い思い出を掘り起こしても、閉店後の店で、店主が足元を見つめ一人立ち尽くしている――そんな印象が通底している。

我々が漠然と「雑貨」という時、思い浮かべるもの。具体例はいくらでも挙げられそうだが、例えば自分の机の横には、内部に電球が埋め込まれた光る地球儀が置いてある。西荻窪の古道具屋で十年以上前に買ったものだ（私も西荻窪に住んでいたのである）。これは、まさに雑貨といえそうだ。だが、雑貨の定義とは。ほとんどの読者は考えたことがないだろうし、私もそうである。辞書を引いたら「雑貨＝日用品」と書いてあったが、光る地球儀は日用品とは思えない。その隣に置いてある音楽制作用スピーカーの方が、よっぽど日常的に使う物である。だが、スピーカーを雑貨というには違和感があるし、光る地球儀は埃《ほこり》をかぶって放置されているが、かなり断定的に、これは雑貨である、といえそうだ。では再度、雑貨とは何か。

本書によれば「雑貨」とは「雑貨感覚によってひとがとらえられる物すべて」「ひ

とびとが雑貨だと思えば雑貨。そう思うか思わないかを左右するのが、「雑貨感覚」(二二頁)だという。雑貨であるか否かは雑貨感覚によって決まる。では「雑貨感覚」とは何か。端的に「イメージの落差」(一七頁)によって物を選ぶ感覚である。物の実用性や内容ではなく、表層のちがいに頼った感覚。「本でいうならば、書かれている内容ではなく、カバーや帯やフォントを基準に小説を選ぶような感覚」(一七頁)というのがわかりやすい。なので、雑貨感覚によって大きく定義される雑貨とは「深層のコンテンツより、表層の作用に重心が移ってしまった物たち」(三八頁)といえる。私の解釈で至極シンプルにいえば「上っ面で物を選べば、もう雑貨」として良さそうな気がする。

そして雑貨は増え続けている。イメージの落差(=表層の差異)とは「ちがい」のことである。「ちがい」は相対的にしか生まれない。「数秒まえの過去とちょっとでもちがう物を生みだし消費してもらわなくてはならない、という資本の掟、つまり飽くなき差異化」(三〇頁)によって雑貨は増えていく。つまり、アンティーク調の地球儀、タッチペンで国や都市名に触れると喋《しゃべ》る地球儀、クリスタルの地球儀、光る地球儀といった表層をすげ替えたバリエーションが無数に作られる。

飽くなきイメージの差異化によって、雑貨は増え続ける。だが、これは雑貨が物理的に増加している、ということだけではない。確かに地球儀のバリエーションが作られていくように、物としての雑貨は増え続けている。しかし、他方で、これは人間の認識の問題でもある。荒物屋に置かれた「アルミのやかん」「タッパーウェア」「ビニールテープ」（一〇一頁）といった道具が「まばゆい戸外にもちだした刹那《せつな》、貪欲な雑貨感覚にさらされ、ただのレトロ雑貨として消費されてしまう」（一〇二頁）のは、雑貨が新たに作られる訳ではなく、本来の機能性が脇に置かれ「かわいい」「おしゃれ」といった雑貨感覚によって道具が雑貨と認識されてしまうことである。これを本書では物の「雑貨化」と呼んでいる。

世界は雑貨化し続けている。では、雑貨感覚を蔓延《まんえん》させ、世界の雑貨化を加速させているのは何か。もちろんネットである。この雑貨化の流れは「インターネットの全面化とパラレルな話」（四二頁）なのであり、「いまある雑貨感覚はまちがいなくインターネットによって醸《かも》しだされたものだ」（八四頁）という。「雑貨」を定義づける「雑貨感覚」はネットによって作られている。醸成された「雑貨感覚」は世界の「雑貨化」を推し進める。「「いいなー」「かわいい」「素敵」「かっこいい」「おしゃれ」といった心の動きが、どんどんとネット空間に情報として吸いあげられるようになった。それはシェアされ、雑貨感覚という巨大な集合意識の雲を生みだしていく」（八五頁）。これは日常的に私たちも実感するところだろう。携帯のブラウザで何か検索する。なんでもいい。例えば不動産、楽器、ニュース、車なんかを検索した後にインスタグラムのアプリを開くと、フォローしている人たちのポストの間に、それらにまつわる広告が表示されるようになる。リノベした古民家、ビンテージシンセサイザー、種子島へのロケット発射見学ツアー、古いフォルクスワーゲンのゴルフⅡ。来歴が分かるならまだいいが、次第に人々の欲望は知らない間に方向付けられていく。ゴルフⅡが良いと思うなら、ボルボの240シリーズも気に入るかも知れない。ビンテージマンションも素敵に感じるかも知れない。ロケットの打ち上げを興味本位で検索しただけだが、種子島への旅行も良いかも知れない……こういったものに惹かれる感性は、いつどこで作られたのだろうか。いつの間にか、人々の欲望はアルゴリズムによって分類され、先回りされて提示されるようになる。もはや「「これがほしい」と思ったときの欲望がどこからきたのか、いまや来歴をたどることは不可能になった」（八五頁）

のである。

そしてスマホを持った私たちは、立ち止まって考える暇もないほど、断片化された言葉とイメージを供給され続け、窒息しかかっている。文脈がバラバラになることで軽くなった言葉とイメージは高速で行き交うようになる。それを受けて私たちは、SNSでも、Amazon でも、Tinder といった出会い系（やったことないが）でも、それらの情報の表層を一瞬眺めて「かわいい」「かっこいい」「おしゃれ」で振り分けることしか出来なくなっていく。雑貨感覚はさらに増大していく。

さて、本書を三回読み、付箋を貼り、線を引き、メモを書き込んだといったが、この『すべての雑貨』を思い浮かべる時、実は何もマークをつけていない所ばかり思い出す。それは例えば、三品青年が旅館で虻《あぶ》を屑籠《くずかご》で捕え、上からポットの熱湯をぶっかけて熱殺するシーン。声をあげて笑ってしまった。あるいは、古いジャズがかかる車中、父親の運転に揺られ、祖父母の家から帰宅する三品少年の描写は、静かで美しく、どこか胸が苦しくなる。もしくは、国立にある一橋大学の小さな通用口のことを読者は覚えているだろうか。恐ろしいことに、私の実家はそこから歩いて十分ほどのところにある。大人は身を屈めないと通ることができない小さな通用口を、とてもよく知っている。そこをくぐると、雑貨屋を始めたばかりの、鬱屈とした日々を送る三品さんが研究棟の階段でカップラーメンを食べている。些《さ》細《さい》で、小さな時間が滞留している。思い出す所はまだまだある。路地裏でコーラをがぶ飲みして吐き出すウィレム・デフォー、ショスタコを愛するジム、一円玉でしらす和えを作り、千円札を炒める工藤冬里さん。レゴを預かってくれたおでん屋の息子氏も忘れてはいけない。彼らは社会の強者ではないかも知れないが、敗者でもない。目まぐるしく加速する世界の中を、小さな足音で、ゆっくりと違う速度で歩いている。

本書を読めば読むほど霞が深くなると感じるというのは、こういった場面や人々を見ていると、恐ろしいほどのスピードと、貪欲さと、強大な力を持ったネットによる情報の一元化＝世界の雑貨化の中で、小ささや、遅さといったものが確かに息づいていて、スッと雑貨化の網目をくぐり抜けるような印象があるからだ。雑貨感覚では捉えることができない、付箋のタグ付けから、逃れ、滑り落ちていくもの。

「生きているかぎり、哲学と歴史を手に、じぶんが立っている足元を疑いつづけることを放棄してはならない」（一六八頁）限り、常にむなしい思いをすることになるだろう。三品青年が世界一長いすべり台でケツをびしょびしょに濡らしながら、むなしさの中で滑空していくように、『すべての雑貨』は雑貨化する世界からの、小さく、遅く、むなしく、切実な遁走《とんそう》といえるだろう。

（あらうち・ゆう　音楽家）

本書は、二〇一七年四月に夏葉社により刊行された
『すべての雑貨』を文庫化したものである。

アンビエント・ドライヴァー　細野晴臣

はっぴいえんど、YMO……日本のポップシーンで様々な花を咲かせ続ける著者の進化し続ける自己省察。帯文＝小山田圭吾　（テイ・トウワ）

ｓｋｍｔ　坂本龍一とは誰か　坂本龍一＋後藤繁雄

坂本龍一は、何を感じ、どこへ向かっているのか？　独特編集者・後藤繁雄のインタビューにより、独創性の秘密にせまる。予見に満ちた思考の軌跡。

バーボン・ストリート・ブルース　高田渡

流行に迎合せず、グラス片手に飄々とうたい続け、いぶし銀のような輝きを放ちつつ逝った高田渡の酔いどれ人生、ここにあり。　（スズキコージ）

たましいの場所　早川義夫

「恋をしていいのだ。今を歌っていくのだ」。心を揺るがす本質的な言葉。文庫用に最終章を追加。帯文＝宮藤官九郎　オマージュエッセイ＝七尾旅人

一人盆踊り　友川カズキ

何者にもおもねらず、孤独と背中あわせの自由を生きてきたフォークシンガー・友川カズキ。生き様に裏づけられたエッセイを精選採録。　（加藤正人）

嫌ダッと言っても愛してやるさ！　遠藤ミチロウ

パンクロックの元祖ザ・スターリンのミチロウ初期エッセイ集。破壊的で抒情的な世界。未収録エッセイや歌詞も。帯文＝峯田和伸　（石井岳龍）

あの頃、忌野清志郎と　片岡たまき

元マネージャーである著者が清志郎との40年にわたるバカみたいに濃い日々を描く清志郎伝の決定版がボーナストラックを収録し文庫化。　（竹中直人）

現実脱出論　増補版　坂口恭平

「現実」それにはバイアスがかかっている。目の前の「現実」が変わって見える本。文庫化に際し一章分「現実創造論」を書き下ろした。　（安藤礼二）

真似のできない女たち　山崎まどか

彼女たちの真似はできない、しかし決して「他人」でもない。シンガー、作家、デザイナー、女優……唯一無二で炎のような女性たちの人生を追う。

狂い咲け、フリーダム　栗原康編

国に縛られない自由を求めて気鋭の研究者が編む。大杉栄、伊藤野枝、中浜哲、朴烈、金子文子、平岡正明、田中美津ほか。帯文＝ブレイディみかこ

TOKYO STYLE　都築響一

小さい部屋が、わが宇宙。ごちゃごちゃと、しかし快適に暮らす、僕らの本当のトウキョウ・スタイルはこんなものだ！　話題の写真集文庫化！

独居老人スタイル　都築響一

〈高齢者の一人暮し＝惨めな晩年？〉いわれなき偏見をぶっ壊す16人の大先輩たちのマイクロ・ニルヴァーナ。話題のノンフィクション待望の文庫化。

圏外編集者　都築響一

既存の仕組みにとらわれることなく面白いものを追い求め、数多の名著を生み出す著者による半生とともに「編集」の本質を語る一冊が待望の文庫化。

路上観察学入門　赤瀬川原平／藤森照信／南伸坊編

マンホール、煙突、看板、貼り紙……路上から観察できる森羅万象を対象に、街の隠された表情を読みとる方法を伝授する。（とり・みき）

考現学入門　今和次郎　藤森照信編

震災復興後の東京で、都市や風俗への観察・採集からはじまった〈考現学〉。その雑学の楽しさを満載し、新編集でここに再現。（藤森照信）

ジャンパーを着て四十年　今和次郎

世間に溢れる「正装」「礼儀」「エチケット」、形ばかりになってはいないか？　「考現学」の提唱者によるユーモア炸裂の服装文化論集。（武田砂鉄）

セルフビルドの世界　石山修武＝文　中里和人＝写真

自分の手で家を作る熱い思い。トタン製のバー、貝殻製の公園、アウトサイダーアート的な家、0円～500万円の家、カラー写真満載！（渡邊大志）

驚嘆！　セルフビルド建築　沢田マンションの冒険　加賀谷哲朗

比類なき巨大セルフビルド建築、沢マンの全魅力！　4階に釣堀、5階に水田、屋上に自家製クレーンも！　帯文＝奈良美智（初見学、岡啓輔）

建築の大転換　増補版　伊東豊雄　中沢新一

いま建築に何ができるか。震災復興、地方再生、エネルギー改革などの大問題を、第一人者たちが説き尽くす。新国立競技場への提言を増補した決定版！

増補版　天下無双の建築学入門　藤森照信

自然の中で暮らしていた人間はいつから「家」を建てて住むようになったのか。家の歴史を辿り、柱とは？　屋根とは？　など基本構造から説く建築入門。

ファッションフード、あります。　畑中三応子

ティラミス、もつ鍋、B級グルメ……激しくはやりすたりを繰り返す食べ物から日本社会の一断面を切り取った痛快な文化史。年表付。（平松洋子）

喫茶店の時代　林哲夫

人々が飲み物を楽しみ語り合う場所はどのようにして生まれたのか。コーヒーや茶の歴史、そして作家や文化人が集ったあの店この店を探る。（内堀弘）

昭和の洋食　平成のカフェ飯　阿古真理

小津安二郎『お茶漬の味』から漫画『きのう何食べた？』まで、家庭料理はどのように描かれてきたか。食と家族と社会の変化を読み解く。（上野千鶴子）

呑めば、都　マイク・モラスキー

赤羽、立石、西荻窪……ハシゴ酒から見えてくるのは、その街の歴史。古きよき居酒屋を通して戦後東京の変遷に思いを馳せた、情熱あふれる体験記。

にっぽん洋食物語大全　小菅桂子

カレー、トンカツからテーブルマナーまで――日本人は如何にして西洋食を取り入れ、独自の食文化として育て上げたのかを解き明かす。（阿古真理）

ドライブイン探訪　橋本倫史

全国のドライブインに通い、店主が語る店や人生の話にじっくり耳を傾ける――手間と時間をかけた取材が結実した傑作ノンフィクション。（田中美穂）

食品サンプルの誕生　野瀬泰申

世界に類を見ない日本独自の文化・食品サンプルはいつどのようにして生まれなぜここまで広がったのか。その歴史をひもとく唯一の研究を増補し文庫化。

決定版　天ぷらにソースをかけますか？　野瀬泰申

食の常識をくつがえす、衝撃の一冊。天ぷらにソースをかけないのは、納豆に砂糖を入れないのは――あなただけかもしれない。（小宮山雄飛）

文房具56話　串田孫一

使う者の心をときめかせる文房具。どうすればこの小さな道具が創造力の源泉になりうるのか。文房具の想い出や新たな発見、工夫や悦びを語る。

いやげ物　みうらじゅん

水で濡らすと裸が現われる湯呑み。着ると恥ずかしい地名入Tシャツ。かわいいが変な人形。抱腹絶倒土産物、全カラー。（いとうせいこう）

ぼくは本屋のおやじさん 早川義夫

22年間の書店としての苦労と、お客さんとの交流。どこにもありそうで、ない書店。30年来のロングセラー！（大槻ケンヂ）

ガケ書房の頃　完全版 山下賢二

京都の個性派書店青春記。2004年の開店前からその後の展開まで。資金繰り、セレクトへの疑念など本音で綴る。帯文＝武田砂鉄（島田潤一郎）

本屋、はじめました　増補版 辻山良雄

リブロ池袋本店のマネージャーだった著者が、自分の書店を開業するまでの全て。その後のことを文庫化にあたり書き下ろした。（若松英輔）

増補 本屋になりたい 宇田智子　高野文子・絵

東京の超巨大新刊書店員から那覇の極小古書店主に。島の本を買い取り、売る日々の中で考えたこととは。文庫化に際し1章加筆。（小野正嗣）

わたしの小さな古本屋 田中美穂

会社を辞めた日、古本屋になることを決めた。倉敷の空気、古書がつなぐ人の縁、店の生きものたち……。女性店主が綴る蟲文庫の日々。（早川義夫）

書店風雲録 田口久美子

ベストセラーのように思想書を積み、書店界に旋風を起こした「池袋リブロ」と支持した時代の状況を現場からリアルに描き出す。（坪内祐三）

増補 書店不屈宣言 田口久美子

長年、書店の現場に立ち続けてきた著者によるリアル書店レポート。困難な状況の中、現場で働く書店員は何を考え、どう働いているのか。大幅改訂版。

あしたから出版社 島田潤一郎

青春の悩める日々、創業への道のり、編集・装丁・営業の裏話、忘れがたい人たち……「ひとり出版社」を営む著者による心打つエッセイ。（頭木弘樹）

ボン書店の幻 内堀弘

1930年代、一人で活字を組み印刷し好きな本を刊行していた出版社があった。刊行人鳥羽茂と書物の舞台裏の物語を探る。（長谷川郁夫）

「本をつくる」という仕事 稲泉連

ミスをなくすための校閲。本の声である書体の制作。もちろん紙も必要だ。本を支えるプロに仕事の話を聞きにいく情熱のノンフィクション。（武田砂鉄）

神田神保町書肆街考　鹿島茂
世界に冠たる古書店街・神田神保町の誕生から現在までの栄枯盛衰を鮮やかに描き出し、刊行時多くの愛書家を唸らせた大著が遂に文庫化！（仲俣暁生）

ぼくは散歩と雑学がすき　植草甚一
１９７０年、遠かったアメリカ。その風俗、映画、本、音楽から政治までをフレッシュな感性と膨大な知識、貪欲な好奇心で描き出す代表エッセイ集。

ここが私の東京　岡崎武志
本と街を歩いて辿った作家の〈上京＆東京〉物語。佐藤泰志、庄野潤三から松任谷由実まで。草野心平を増補収録。挿絵と巻末エッセイ・牧野伊三夫

読書からはじまる　長田弘
自分のために、次世代のために——。「本を読む」意味をいまだからこそ考えたい。人間の世界への愛に溢れた珠玉の読書エッセイ！（池澤春菜）

本は読めないものだから心配するな　管啓次郎
この世界に存在する膨大な本をめぐる読書論であり、ブックガイドであり、世界を知るための案内書。読めば、心の天気が変わる。（柴崎友香）

遠い朝の本たち　須賀敦子
一人の少女が成長する過程で出会い、愛しんだ文学作品の数々を、記憶に深く残る人びとの想い出とともに描くエッセイ。（末盛千枝子）

そこから青い闇がささやき　山崎佳代子
紛争下の旧ユーゴスラビア。ＮＡＴＯによる激しい空爆の続く街に留まった詩人が描く、戦火の中の人びとの日常、文学、希望。（池澤夏樹）

アイヌの世界に生きる　茅辺かのう
アイヌの養母に育てられた開拓農民の子が大切に覚えてきた、言葉、暮らし。明治末から昭和の時代をアイヌの人々と生き抜いてきた軌跡。（本田優子）

ブルースだってただの唄　藤本和子
アメリカで黒人女性はどのように差別と闘い、生きてきたか。名翻訳者が女性達のもとへ出かけ、耳をすまして聞く。新たに一篇を増補。（斎藤真理子）

イリノイ遠景近景　藤本和子
イリノイのドーナツ屋で盗み聞き、ベルリンでゴミ捨て中のヴァルガス・リョサと遭遇……話を聞き、考える。名翻訳者の傑作エッセイ。（岸本佐知子）

ちくま文庫

すべての雑貨《ざっか》

二〇二三年四月十日　第一刷発行

著　者　三品輝起（みしな・てるおき）
発行者　喜入冬子
発行所　株式会社　筑摩書房
東京都台東区蔵前二―五―三　〒一一一―八七五五
電話番号　〇三―五六八七―二六〇一（代表）
装幀者　安野光雅
印刷所　三松堂印刷株式会社
製本所　三松堂印刷株式会社

ISBN978-4-480-43876-8　C0195